La découverte des Indiens

Une anthologie
proposée par Luis Mizón

La découverte des Indiens

1492 –1550
Documents et témoignages

Librio

Texte intégral

Les textes qui composent cet ouvrage sont extraits de :
L'Indien, Témoignages d'une fascination
paru aux Éditions La Différence en 1992.

INTRODUCTION

La découverte de l'Indien d'Amérique dont la figure a fasciné l'Occident est une expérience de l'Autre, celui qui représente la différence absolue, et cette expérience de la différence se projette dans le monde contemporain, autour de nous-mêmes.

L'Amérique est encore aujourd'hui difficile à connaître. Son histoire s'est développée pendant des millénaires sans rapport avec l'Occident, ni, que l'on sache, avec d'autres cultures asiatiques ou africaines.

Ce fabuleux isolement est rompu par la rencontre fortuite de 1492. L'Amérique, censée ne pas exister, interpose son corps dans le chemin des navigateurs marchands qui cherchaient les Indes, l'Asie, les épices – cannelle, poivre, clous de girofle – et l'or, dans le sillage du Livre des merveilles de Marco Polo.

Tels des astronautes sur une autre planète, les navigateurs ont trouvé une géographie imposante, des Cordillères, des océans inconnus, des plantes et des animaux pleins de couleurs et de saveurs, d'odeurs nouvelles pour l'Europe.

À partir de ce moment, la perception du monde change, l'Amérique enrichit les sens des autres continents. Mais les découvreurs vont rencontrer aussi plusieurs groupes humains dont l'histoire et la civilisation urbaine étaient aussi impressionnantes et méconnues que la nature qui les entourait.

Ils se sont aperçus que ces hommes avaient créé des

religions sans rapport avec la Bible et qu'ils n'avaient pas encore reçu la bonne nouvelle du christianisme. Ils possédaient une science mathématique très développée, une littérature écrite et un art qui s'exprimait dans toute une variété de créations, mais cette esthétique ne connaissait pas d'influence grecque ou romaine.

En outre, ils étaient capables de mesurer le temps, de construire des grandes villes et d'organiser la vie sociale selon des conceptions qui n'avaient rien de commun avec les leurs.

Un premier pas pour approcher l'Amérique est d'essayer de comprendre et de souligner cette différence fondamentale. Telle une éclipse, les arrivants vont projeter l'ombre de leurs corps, sentiments, idées et culture sur les Indiens, qui feront sans doute de même sur les conquérants. On découvre l'autre, mais on le cache déjà avec un regard chargé de préjugés.

Une des premières images de l'Indien frappe par son étrangeté.

La vignette d'une Bible le représente en 1518, orné de plumes et en haillons, à califourchon sur un bâton à tête de cheval, comme un grand enfant, faible d'esprit. Il est entouré d'une foule d'enfants qui le harcèlent et se moquent de lui. L'un lui lance des pierres, l'autre le frappe à l'aide d'une branche.

Voici l'Indien représenté comme un fou. Processus classique de voir et de ne pas voir la différence. En même temps, l'Indien, par sa présence, sa culture, ses richesses, va déclencher chez le conquérant la folie des grandeurs et l'appétit du pouvoir. L'Indien sur son cheval de bois, habillé de haillons européens apparaît à mes yeux étrangement prémonitoire. Avez-vous déjà vu des photographies d'Indiens de Patagonie ? La vignette biblique représente clairement le mépris, le rejet, la faiblesse de l'Indien.

Il n'a pas été choisi par Dieu, voilà qui explique sa situation. Une légende en latin le dit ouvertement : « Voici l'homme qui n'a pas pu connaître le christianisme ». Peut-être n'est-il pas coupable de son infériorité, de sa folie, mais son ignorance devient sa punition.

Colomb, à son retour, avait déjà amené des Indiens en Espagne, destinés au service des Espagnols. Le Roi ordonne de reconduire ces Indiens en Amérique. L'image de la Bible est peut-être une trace de cet épisode, attesté notamment par le père Las Casas qui avait reçu un de ces Indiens à son service, et après, l'avait restitué. Elle donne déjà une réponse à la question que l'Europe se posera tout de suite, après qu'elle aura appris que le Nouveau Monde est habité. Comment sont-ils, ces Indiens ?

L'incohérence, l'hétérogène et un inconscient à fleur de peau qui projette sur l'autre ses propres fantasmes sont visibles dans les premières rencontres. Indiens et Espagnols ont vu réaliser chez l'autre leurs mythes, leurs prophéties : pour les Indiens, l'accomplissement de présages qui ferment fatalement le temps cyclique de la Parole magique ; pour les Espagnols, la vision de l'or, du diable, de la cannelle, de l'éternelle jeunesse, du Paradis et des royaumes conquis par l'épée.

Le conflit ou le contrepoint de ces deux inconscients parcourt l'histoire latino-américaine, s'exprime dans la politique, les rapports du pouvoir, les faits divers, la vie quotidienne et l'humour noir qui accompagne les drames les plus terribles.

Comment est-il fait, l'Indien ? Voici la question qui doit nous guider dans cette lecture des textes anciens, mais surtout dans notre réflexion.

La question aura souvent une réponse mythique, l'Indien est le bon sauvage, sage, spirituellement supérieur, ou au contraire, l'Indien « minus », faible, destiné par nature au service d'un homme supérieur.

L'Europe a discuté à ce sujet. La question sur la nature de l'Indien est directement liée à la lutte pour la justice en Amérique, ouverte par le père Las Casas qui va s'opposer à ce qu'il appelle la destruction des Indes.

Lutte qui n'est pas gagnée et qui se poursuit de nos jours.

Comment est-il, l'Indien ? Cette question est aujourd'hui aussi pertinente, dense et énigmatique qu'au moment du premier regard européen posé sur un Indien.

Une grande partie de la culture indienne reste muette

ou inaccessible. Ce silence est la suite du traumatisme de la conquête, qui blesse au point que le langage écrit devient indéchiffrable, quelques années à peine après l'arrivée des Espagnols. Les momies de rois Incas sont exhibées comme des curiosités.

La même amnésie se produira plus tard à l'île de Pâques, après les razzias des marchands d'esclaves du XIX*e siècle, et avec la destruction d'ethnies entières dans différentes contrées de l'Amérique. L'Europe a gagné le bras de fer de la conquête, imposant son histoire aux Indiens, forçant ceux-ci à l'oubli systématique de leur passé, mais aussi de leur présent. Sans recul, l'Indien tombe dans le découragement le plus profond.*

La question de l'Indien telle que nous la posons aujourd'hui ne peut pas nous faire oublier l'histoire de notre regard.

Le génocide caché par l'histoire créole oublie doublement les Indiens, en faisant des victimes réelles les héros symboliques de la résistance contre l'Espagne. On idéalise et on détruit à la fois.

Dépossédés de leurs racines, et surtout, de leurs terres et de leurs moyens de subsistance, les Indiens émigrent, deviennent des exilés dans les grandes villes, les capitales, leurs chemins se croisent avec ceux des exilés politiques, qui errent d'un pays à l'autre, là où il n'y a pas encore de dictateur ; les conquérants mêmes étaient des exilés qui fuyaient l'Inquisition ou la pauvreté. L'exil et l'oubli font partie de l'histoire de l'Amérique.

Comment est-il, l'Indien ? Il existe une grande variété d'Indiens en Amérique dans le temps et dans l'espace, dans l'actualité et dans le passé. Comment répondre simplement ? On peut dire, en deux mots, comment est un Européen à ceux qui n'en ont jamais vu.

La variété du réel, nous pouvons la systématiser en deux groupes : Indiens appartenant aux hautes cultures du Mexique, de l'Amérique centrale ou à l'Empire inca, et Indiens périphériques, tels les Araucanos du Chili et les Guaranies du Paraguay, ou encore les Peaux-Rouges du Nord et les Indiens de Patagonie ou de la forêt amazonienne.

La culture indienne de l'Amérique centrale et du Mexique et celle des Incas sont les aboutissements d'un développement social. Il s'agit de grands États, d'Empires. La conquête de ces États déterminera le sort de l'Indien américain. À la périphérie de ces empires, l'Indien de l'Amérique du Nord, le Patagon, l'Indien de l'Amazonie seront exterminés postérieurement par des aventuriers de toutes origines, européenne et créole, pendant le XIXe *siècle.*

Les Araucanos et les Guaranies forment deux cas particuliers pouvant être étudiés ensemble : le peuple guerrier qui s'oppose à la conquête et le peuple qui se laisse pacifier au point de partager un projet de civilisation avec l'Espagnol. Leur sort dramatique nous émeut et nous concerne malgré leurs réactions opposées face à la conquête.

Histoires de frontières ignorées et oubliées, folie, héroïsme, sainteté, crimes inouïs, le dérisoire d'une histoire ratée. Dès qu'on approche le monde de l'Indien, les fantômes se mettent à parler. L'interprétation mythique de l'Indien n'est pas une invention européenne. Le bon sauvage existe déjà à l'intérieur même de la culture indienne. Dans la culture mexicaine, les Indiens fondateurs les plus anciens sont réputés pour leur sagesse et leur art. Le Toltèque est l'Indien mythique, disparu, idéalisé d'une culture militarisée et répressive. Très vite, après la conquête, on est confronté partout à la triste dégradation des cultures indiennes les plus touchées, parce que les plus riches.

À la différence fondamentale des deux mondes vont s'ajouter les particularités du métissage racial et culturel. Aux racines indiennes et espagnoles, se joignent par la suite d'autres races africaines ou asiatiques, et, plus tard, la migration européenne.

Le résultat produira une immense variété de types humains qui seront les protagonistes de la vie sociale dans chaque pays.

Le métissage s'exprimera dans la politique et dans l'économie, l'art et la littérature. Il donnera la physionomie typique de la culture latino-américaine, ce que chaque pays a de propre, de différent, de singulier et de commun avec les autres.

Le métissage est lié aux castes, aux clans et au racisme qui annulent ou détournent les institutions égalitaires et démocratiques, mais aussi aux racines d'une sensibilité propre à chaque peuple dont les éléments indiens et espagnols avec leur part d'inconnu et d'énigmatique ne cessent de se combiner, de se mélanger et de se manifester dans l'art et la littérature. L'histoire de l'Amérique, c'est l'histoire de ce mélange, de ce processus qui n'est pas achevé.

L'Indien actuel qui intervient aussi dans le grand mouvement de métissage représente un monde plus fermé et oublié que le monde d'autrefois.

On a oublié l'Indien parce qu'il porte non seulement les stigmates de la conquête, mais aussi les blessures mortelles portées contre son corps, ses biens, son esprit, par les républiques indépendantes. Génocides systématiques commis par les États libéraux.

Des aventuriers, des voyageurs et des savants approchent l'Indien au cours du XIXe *siècle et l'Indien, ethnie après ethnie, rentre par l'action de l'Occident dans l'histoire de son extermination progressive jusqu'à aujourd'hui.*

Heureusement, l'Indien et sa culture ont survécu, bien que terriblement mutilés. Les paroles des mythes, des contes, de la pensée magique, balayées par les conquérants, resurgissent aujourd'hui dans les poèmes et les romans américains, comme dans la culture populaire. La tradition spontanée, portée d'abord par le langage, mais aussi par les comportements, est encore présente, elle peut être écoutée.

Notre anthologie ne pourra pas aborder l'histoire récente qu'il ne faut ni oublier ni effacer dans l'image purement historique de l'Indien. L'Amérique latine a été et reste terriblement raciste à l'égard de l'Indien. L'idéalisation de la figure de l'Indien, après l'indépendance, a laissé de nombreuses statues et peintures jusqu'à l'époque contemporaine.

Extermination et idéalisation ont cohabité sans se

gêner mutuellement. Des témoignages de l'histoire plus récente de l'Indien nous font glisser de la fascination à l'horreur.

Nous considérons ici les témoignages directs de la première rencontre, sachant que ce qui reste du monde indien vit encore misérablement, luttant pour une vie digne et la sauvegarde d'une culture.

Du point de vue du mélange culturel, la conquête a raté des possibilités immenses.

Le mélange de deux imaginaires aussi puissants aurait pu faire des merveilles. Aujourd'hui encore, ces restes de statues et de tissus dans les musées et de paroles chargées de magie fécondent notre propre imaginaire.

À partir du deuxième quart du XXe siècle, les Américains ont ressenti le besoin de réfléchir sur eux-mêmes et sur leur culture, peut-être de faire un bilan de l'Indépendance. Mariategui, Estrada, Ortiz, Asturias, Paz, Arciniegas, et beaucoup d'autres participent à cette activité. Forcément, l'Indien fait partie de cette réflexion, liée d'ailleurs au mouvement indigéniste qui s'est exprimé dans l'art et la littérature de 1925 à 1950.

Ce mouvement reprend le débat des théologiens du XVIe siècle qui se sont demandé si l'Indien était doué de raison, s'il était destiné par nature au service des Espagnols, s'il avait une autorité et des droits, s'il pouvait être sujet du roi d'Espagne ; surtout, si l'on pouvait, et dans quelles conditions, lui faire la guerre et lui prendre ses biens. S'il était comme nous, pourquoi n'avait-il pas connu le christianisme ? S'il y avait une Providence derrière l'événement de la découverte, les hommes d'Église étaient alors chargés de la conversion de l'Indien. Les prêtres se sentaient désignés pour cette haute mission qui répète la situation du christianisme des premiers temps, la conversion de l'Europe et des Gentils.

Le conflit éclatera rapidement entre les prêtres qui épousent la cause des Indiens et les projets guerriers de domination. L'un des documents destinés à la justification de la conquête est la Sommation *de Palacio Rubios.*

Contre lui se dresse le père Vitoria.

Le prêtre qui croit à sa mission et le militaire sont deux regards portés sur l'Indien, mais aussi dirigés l'un contre l'autre, en duel. Les deux regards s'entrecroisent, et parfois, bien que rarement, ils échangent leur rôle. Mais il reste la question de l'or.

De cet or, qui hante les Espagnols, il sera constamment question dans les textes des chroniqueurs. Il est présent dans les mines, les fleuves, mais aussi sous la forme d'objets précieux, bijoux, idoles, et même dans la décoration murale des temples et des palais. Légende et réalité de l'Eldorado. Beaucoup de ces objets seront fondus et transformés en lingots, en Amérique et en Espagne, sans laisser aucune trace de leur qualité artistique.

Il nous importe de trouver les points de rencontre et de divergence entre ces différents regards sur l'Indien qui, malgré les similitudes, ne constituent pas une unité, ni, malgré ces différences, n'arrivent à se séparer.

Les grandes images historiques, laissées par la conquête, sont, dès le commencement, une force symbolique que le récit développe, affine, que l'imagination fait revivre à chaque fois. Il s'agit des affrontements entre des empereurs et de simples soldats, entre des prêtres et des sorcières, entre des religieux et des conquérants.

Les scènes se parent de richesses, s'inscrivent dans des paysages jamais vus. La lecture de ces textes suscite une sorte d'euphorie qui est l'écho de l'expérience fabuleuse.

Pourquoi une telle fragilité dans ces empires dont les pouvoirs furent impuissants face aux conquérants ? Ce mystère ne cesse de nous échapper. Sans doute, concerne-t-il l'Homme-Dieu et la pensée tragique sur laquelle s'était édifiée la société des États précolombiens.

On aurait tort de réduire la démarche espagnole uniquement à l'attrait de l'or et à la cupidité. Le comportement des conquérants n'avait rien d'exceptionnel par rapport aux capacités militaires et de résistance d'un soldat d'une autre nationalité. Le récit de Federmann, inclus dans cette anthologie, le prouve. Ce dernier possède le courage et l'ambition d'un Espagnol. La griserie chevaleresque de la recherche d'un nom et la force mobilisatrice du christianisme caractérisent aussi les conquérants espagnols.

*Le regard sur l'Indien implique aussi l'œil qui observe : pour l'Espagnol, la conquête est une affaire commerciale et juridique. Quand Francisco Pizarro aperçoit l'Empire Inca, il retourne en Espagne avec quelques Indiens qui, plus tard, lui serviront d'interprètes ; il signe en bonne et due forme son contrat (*capitulación*) avec le roi, après quoi il entreprend la conquête. L'élément juridique appartient au monde de la conquête et ajoute encore un trait à sa « folie ».*

Comment la conquête de ces empires puissants par une poignée d'hommes sans éducation a-t-elle été possible ? À cause de la guerre civile ? À cause d'une mentalité qui investissait le pouvoir personnel du prince d'une dimension sacrée, irremplaçable s'il venait à disparaître ? On a l'impression que dans le cas des Incas et dans le cas du Mexique, cette personne se confondait avec l'Empire. Tuer le roi, c'était tuer Dieu lui-même.

Dès leur arrivée, les Espagnols ont entendu parler des guerres intestines, des querelles. Pour ces hommes de la Renaissance, c'était la fortune qui permettait quelquefois à l'audace de s'emparer d'une principauté. Il y avait des Indiens opprimés, des Indiens en conflit avec le pouvoir. Le voyage du conquérant qui va de la périphérie au centre lui permet de mieux connaître les alliés potentiels qui vont l'aider à conquérir le centre et qui assimileront rapidement ses formes de pensée.

Il est difficile d'admettre que les Indiens des premières générations deviennent seigneurs d'Indiens et collaborent sans problème avec le pouvoir espagnol. Il est plus probable qu'au départ, les Indiens espèrent utiliser la machine de guerre espagnole contre le pouvoir qui les réprime.

Une fois la mentalité magique désavouée, « les sacrilèges » sont commis dans l'impunité.

Pour les Araucanos, vaincre ou résister, c'est d'abord surmonter une mentalité interne : le fatalisme.

Imaginons que Hernán Cortés se retrouve face à des adversaires qui tuent les sorcières et ordonnent à leurs chefs militaires de leur apporter des Espagnols morts pour obtenir de grandes récompenses. La conquête serait peut-être reportée au XIXe siècle.

Le bon sauvage, comme toute idéalisation de l'autre, apparaît tel un cadeau pour apaiser la mauvaise conscience d'avoir tué, volé ou exploité en même temps qu'on vante les qualités de la victime. L'image de l'Indien fascine par l'admiration et par l'horreur qu'elle suscite.

Beaucoup de choses ont frappé les Espagnols : les corps, la religion, le gouvernement, les princes, les connaissances, les mœurs, l'art. La tâche actuelle pour l'Indien et pour nous-mêmes consiste à récupérer la mémoire, à faire vivre la mythologie. La parole qui porte encore l'écho de la puissance magique se prête à d'autres formes d'art. Les Indiens eux-mêmes n'ont pas encore parlé, ni trouvé un langage propre, ils apparaissent toujours appauvris et déracinés, errant dans les ruines des mégalopoles.

On ne saurait réduire l'Indien contemporain aux données de l'ethnologie, à des étiquettes d'une taxinomie gelée, confondue quelquefois par naïveté, ironie ou dérision à une démarche revendicative d'identité.

L'Indien représente des valeurs profondes de l'humanité, qui sont à préserver et à communiquer dans l'histoire contemporaine. Tâche ouverte à tous les hommes, et non seulement à l'Indien « pur ».

L'indianité est une dimension de l'esprit, un enrichissement et un élargissement de l'humanité. Ces valeurs universelles sont équilibre et intégration de l'homme et de la nature, exploitation rationnelle de celui-ci, goût des grands espaces libres, sens du sacré, respect des anciens contes et des traditions, écoute de l'expérience d'autrui et reconnaissance de l'autorité des sages.

L'Indien contemporain ne peut pas être exclu du mélange racial et culturel, ni des mouvements propres à l'histoire. On ne doit pas le placer dans une vitrine intemporelle.

Actuellement, reconnaître les valeurs de l'Indien, de l'Autre, et combattre le racisme participent de la même démarche : affirmer l'égalité des hommes et tirer les conséquences juridiques, politiques et culturelles qui s'imposent. L'Indien n'est ni plus ni moins que nous-mêmes.

Parcourir l'histoire du regard sur l'Indien peut nous apporter encore une expérience nouvelle. L'écho d'une différence vécue par d'autres est une source de l'imaginaire latino-américain. Le regard perdu dans le temps peut se reproduire, sans que nous le sachions, dans le regard que nous croisons à Paris ou ailleurs parmi les passants d'une rue anonyme.

La conquête de l'Amérique a produit deux documents juridiques assez brefs résumant tous les débats sur l'Indien.

L'un est un document officiel, rédigé par le juriste conseiller de la couronne Palacio Rubios : il s'agit d'une sommation destinée au chef indien pour qu'il se soumette à la couronne, mise en application dès 1513.

L'autre est une conférence universitaire, intitulée « Relectio de Indis » (1532), complétée par la « Relectio de Jure Belli » (1538). L'auteur, Francisco de Vitoria, appartient à l'ordre des Frères prêcheurs. Ces documents exerceront une grande influence sur le déroulement de la conquête. Ils fixeront les limites d'une pensée sur l'Indien, dont découlent deux politiques diamétralement opposées, concernant non seulement l'Indien, mais aussi le statut de l'étranger, le pouvoir d'État et le droit international. Bien que les deux auteurs ne se soient pas rendus en Amérique, ils n'ont cessé de s'affronter, et peut-être le font-ils encore.

Entre ces deux réflexions théoriques prend place notre choix de témoignages sur l'Indien, les plus frappants selon chaque pays.

Luis MIZÓN

JUAN LÓPEZ DE PALACIO RUBIOS

1450-1524

Palacio Rubios fut un brillant juriste, conseiller de la couronne espagnole, professeur des Universités de Salamanque et Valladolid. Il a écrit de nombreux traités sur la conquête. La *Sommation* constitue une argumentation juridique, expliquant aux Indiens que la venue du Christ a enlevé aux princes leur pouvoir temporel, que le pape détient ce pouvoir en tant que successeur du Christ, et qu'en conséquence le pape a pu donner légitimement l'Amérique aux rois d'Espagne.

Les Indiens doivent donc se soumettre à eux. S'ils refusent, les conquérants sont autorisés à leur faire la guerre, prendre leurs biens et les réduire à l'esclavage. Selon le chroniqueur Oviedo, Palacio Rubios éclatait de rire quand on lui racontait que les conquérants lisaient la *Sommation,* au large, bien avant de débarquer. Cependant, nous constaterons qu'en Amérique centrale, au Pérou et au Mexique, la *Sommation* fut appliquée, en présence des Indiens, mais sans le moindre souci de les comprendre.

SOMMATION
À FAIRE
AUX HABITANTS DES CONTRÉES ET PROVINCES QUI S'ÉTENDENT DEPUIS LA RIVIÈRE DES PALMES ET LE CAP DE LA FLORIDE*

Au nom de Sa Majesté catholique et impériale, roi des Romains et empereur toujours auguste, au nom de Doña Juana, sa mère, rois d'Espagne, défenseur de l'Église, toujours vainqueur et toujours invincible, conquérant des peuples barbares, moi, Pamphile de Narvaez, leur serviteur, ambassadeur et capitaine, je vous fais savoir, le mieux qu'il m'est possible, que Dieu notre Seigneur, unique et éternel, a créé le ciel, la terre, un homme et une femme, desquels nous et vous, ainsi que tous les hommes du monde, passés et présents, nous sommes descendus, et de qui descendront tous ceux qui viendront après nous. Mais le grand nombre des descendants de ces premiers parents a été cause qu'il y a cinq mille ans et plus, et depuis la création du monde, il a été nécessaire qu'une partie de ces hommes s'en allassent d'un côté, et une autre partie d'un autre côté, et qu'ils se divisassent dans un grand nombre de royaumes et de provinces, car ils ne pouvaient tous subsister dans une même contrée.

Dieu, notre Seigneur, a chargé un de ces hommes,

* In *Voyages, relations et mémoires originaux pour servir à l'histoire de la découverte de l'Amérique,* Recueil de pièces sur la Floride, par H. Ternaux-Compans. Paris, Arthus Bertrand, 1841.

nommé saint Pierre, d'être le souverain de tous les hommes, dans quelque pays qu'ils habitassent et quelles que fussent leurs lois et leur religion ; Dieu lui a donné le monde entier pour royaume, seigneurie et juridiction.

Il lui a ordonné pareillement d'établir son siège à Rome, comme étant l'endroit où il pourrait le mieux gouverner le monde. Cependant il lui a permis aussi de résider et d'établir le siège de sa puissance dans tout autre endroit du monde qu'il voudrait, pour juger et gouverner tous les peuples chrétiens, Maures, Indiens, païens, enfin de quelque religion qu'ils fussent.

On l'a nommé Pape, ce qui veut dire admirable, le père et le gardien suprême, parce qu'il est le père et le souverain de tous les hommes.

Les hommes qui vivaient à cette époque ont obéi à ce saint Pierre, et ils l'ont reconnu comme roi et souverain de l'univers, et ils ont considéré de même tous ceux qui, par la suite, ont été promus au pontificat. Cet usage a été suivi jusqu'à présent et durera jusqu'à la fin du monde.

Un des pontifes passés, qui monta sur ce trône et qui succéda à la dignité de ce prince dont je viens de parler, en qualité de souverain du monde, a fait don des îles et de la terre ferme qui se trouvent au-delà de la mer de l'occident aux dits empereur et reine, héritiers de ces royaumes, nos seigneurs, ainsi que de tout ce que ces contrées contiennent, comme cela a été arrêté dans certains actes qui ont été dressés à ce sujet, et dont vous pouvez prendre connaissance si vous le voulez ; de sorte que Leurs Altesses sont souverains de ces îles et de la terre ferme, en vertu de ladite donation, et en cette qualité de roi et maître, la plupart ou presque toutes ces îles, aux habitants desquelles on a notifié cette donation, ont reconnu Leurs Majestés, leur ont obéi et leur obéissent comme le doivent faire des sujets, de leur plein gré, sans résistance aucune ; au moment même où ils furent informés de ce que l'on vient de vous faire savoir, ils se sont soumis aux dignes religieux que Leurs Altesses leur ont envoyés pour les convertir et les instruire dans notre sainte foi catholique, et cela de bon cœur et librement, sans indemnité ni condition aucune ; ils se sont faits chrétiens et ils le sont encore aujourd'hui. Leurs Altesses les ont reçus comme sujets avec joie et avec bonté ; elles ont ordonné de les traiter comme leurs autres sujets, et vous êtes tenus et obligés de faire de même.

En conséquence, et le mieux que je peux, je vous prie et vous enjoins de bien considérer ce que je vous ai dit, de le regarder comme chose entendue, de vous consulter là-dessus pendant tout le temps qui sera justement nécessaire, et de reconnaître l'Église comme reine et souveraine du monde entier, et en son nom le souverain pontife, nommé Pape, représenté par la Reine et le Roi, nos maîtres, qui sont les souverains et les rois de ces îles et de la terre ferme en vertu de ladite donation, de consentir et de faire en sorte que ces religieux vous apprennent ce que je vous ai déjà énoncé. En agissant ainsi vous vous en trouverez bien, vous remplirez votre devoir ; Leurs Majestés, et moi-même en leur nom, nous vous traiterons avec affection et charité, nous vous laisserons la possession libre de vos femmes, de vos enfants et de vos biens, sans que vous soyez soumis à aucune obligation, afin que vous en fassiez ce que vous voudrez en toute liberté. On ne vous forcera pas à embrasser le christianisme, mais lorsque vous serez bien instruits de la vérité et que vous désirerez être convertis à notre sainte foi catholique, comme l'ont fait presque tous les habitants des autres îles, on vous fera chrétiens, et en outre Sa Majesté vous accordera de nombreux privilèges, beaucoup de faveurs, et vous fera instruire.

Si vous ne le faites pas et si par malice vous tardez à consentir à ce que je vous propose, je vous certifie qu'avec l'aide de Dieu je marcherai contre vous les armes à la main ; je vous ferai la guerre de tous côtés et par tous les moyens possibles ; je vous soumettrai au joug et à l'obéissance de l'Église et de Sa Majesté, je m'emparerai de vos personnes, de celles de vos femmes et de vos enfants ; je vous réduirai en esclavage, je vous vendrai et disposerai de vous suivant les ordres de Sa Majesté ; je prendrai vos biens, je les ravagerai et je vous ferai tout le mal possible comme à des sujets désobéissants. Je vous signifie que ce ne sera ni Sa Majesté, ni moi, ni les gentilshommes qui m'accompagnent qui en serons cause, mais vous seuls. J'enjoins au notaire présent et aux autres personnes qui l'accompagnent d'être témoins de ce que je vous signifie.

(Extrait du livre des copies des provinces de la Floride, Séville, chambre du commerce. 1527.)

FRÈRE RAMON PANÉ

Frère Ramon Pané est le premier prêcheur de l'Évangile dans le Nouveau Monde. Il appartenait à l'ordre de Saint-Jérôme et il accompagna Colomb dans son deuxième voyage, en 1493. Par ordre de l'amiral, il dressa une enquête auprès des Indiens de l'île d'Hispaniola (Haïti), dont il avait appris la langue. Sa relation constitue la première recherche ethnographique sur les mœurs, la religion et les rites des Indiens.

L'évêque Bartolomé de Las Casas, qui l'a bien connu, le qualifie d'homme simple et animé de bonnes intentions. D'origine catalane, lui-même se présente comme « pauvre ermite de l'ordre de Saint-Jérôme ». Son témoignage sur les Indiens, jugé très sérieux, nous montre notamment que ceux-ci transmettaient leurs lois sous la forme de chansons et de poèmes.

RELATION DE L'HISTOIRE ANCIENNE DES INDIENS*

D'OÙ LES INDIENS TIRENT-ILS LEURS CROYANCES ET CE QUI LES MAINTIENT DANS LEURS SUPERSTITIONS.

Il y a de certains hommes appelés « Bohuti » (sorciers), qui s'entendent entre eux pour berner les gens, comme nous verrons plus loin, exploitent leur crédulité et apprennent, en parlant avec eux, leurs faits et gestes les plus secrets. Ils chassent également leurs maladies : c'est par ce moyen qu'ils les trompent. Je peux l'affirmer pour l'avoir constaté de mes yeux et je ne rapporte, en même temps, que ce que j'ai de nombreuses fois entendu dans la bouche des notables que j'ai fréquentés plus que les autres (indigènes) ; ces notables sont d'ailleurs probablement plus crédules que le reste de la population. Quoi qu'il en soit, ils ont comme les Maures réduit leurs lois en d'antiques chants, à l'aide desquels ils gouvernent leur conduite, tout à fait comme les Maures à travers l'écriture (coranique). Quand ils veulent entonner leurs chants sacrés, ils touchent à un certain instrument, le « Maiohavau », qui est en bois, de forme concave, solide et léger, de la longueur du bras, et large comme un demi-bras ; la découpe de la caisse de résonance ressemble à la

* Ramon Pané, *Relation de l'histoire ancienne des Indiens.* Traduction de l'italien de André Ughetto, Paris, La Différence, 1992.

tenaille d'un maréchal-ferrant, et le manche fait penser à la masse (du forgeron) : on dirait une courge, au cou allongé. Ceux qui jouent avec cet instrument très sonore se font entendre au loin, à une lieue et demie ; la musique accompagne leurs chants, appris par cœur ; les musiciens ont rang de chefs, ils ont appris à jouer et à chanter selon la tradition depuis leur enfance. Mais passons maintenant à d'autres cérémonies et coutumes des nobles.

OBSERVATIONS SUR CES INDIENS BUHUITIHU : COMMENT ILS FONT PROFESSION DE GUÉRISSEURS, EN PERSUADENT LES GENS, MAIS DANS LEURS CURES BIEN SOUVENT SE TROMPENT.

La majeure partie, sinon la totalité des habitants de l'île, adore de nombreux « cimini » de toute sorte. Chacun détient quelque relique : les os d'un père, d'une mère, de grands-parents ou d'ancêtres. Les idoles sont en pierre ou en bois. Les unes rendent des oracles, les autres sont à l'origine de la nourriture, certaines font pleuvoir, d'autres encore font souffler les vents. Dans leur simplicité et leur ignorance, les Indiens s'imaginent voir en toutes choses l'action de ces idoles, que l'on qualifierait plus justement de « démons ». Ils n'ont aucune connaissance de notre sainte foi. Si l'un d'eux est malade, on fait venir le Buhuitihu médecin dont il a été parlé. Celui-ci est obligé de se protéger la bouche, comme le malade même, et de prendre également le visage de la maladie, ce qu'il fait de la façon que vous allez découvrir. Ainsi que le malade encore, il se purge à l'aide de certaine poudre, appelée « cohoba », qu'ils aspirent (tous deux) par le nez – et qui les enivre tant qu'ils ne savent plus ce qu'ils font. Ils délirent, sous l'inspiration prétendue des cimini qui les ont fait tomber malades.

Avant de se rendre en visite chez un malade, ils se barbouillent et se noircissent le visage avec la fumée d'un fond de marmite ou de la poussière de charbon de bois : c'est ainsi qu'ils veulent lui faire croire ce que bon leur semble de sa maladie. Ils se munissent de petits os, et d'un peu de viande qu'ils enrobent dans quelque sachet afin de pouvoir les conserver dans leur bouche. Cependant le malade s'est déjà purgé avec la poudre (cogioba). Aussitôt que le guérisseur pénètre dans la case et s'assied, tout le monde se tait ; les enfants sont envoyés dehors pour ne pas troubler son office. Il ne reste à l'intérieur qu'un ou deux hommes parmi les plus importants (du village). Une fois seuls ils consomment quelques « herbes de la Joie »... larges, et une autre herbe, entourée d'une feuille d'oignon, grande comme la moitié du quart (de la première) ; l'une de ces dites « joies », que tous prennent communément, triturée d'abord avec les doigts jusqu'à devenir pâteuse, est placée dans la bouche pour leur faire vomir ce qu'ils avaient mangé ; de la sorte les herbes ne leur font pas mal. Alors commencent leurs chants. Une torche est allumée, ils avalent le jus (produit par les herbes). Après quelque temps, le Buhuitihu se lève, se dirige vers le malade assis, isolé au milieu de la case, le fait tourner deux fois, dans le sens qui lui plaît, puis se dresse devant lui, le saisit aux jambes en les palpant sur toute leur longueur, et le tire fortement vers lui, comme s'il avait quelque chose à lui révéler. Il l'entraîne vers le seuil de la case, dont il ferme la porte, et lui dit : « Va-t'en dans la montagne, vers la mer, où il te plaira ! » En soufflant comme sur une boule (pour l'obliger à rouler), il le fait tourner une autre fois, lui joint les mains, lui ferme la bouche ; alors il chauffe de son haleine ses mains qui semblent trembler de froid et inspire son propre souffle comme on avale la moelle d'un os : et il aspire par le cou le mal du patient, par l'estomac, les épaules, les joues, la poitrine, le ventre, en bref par toutes les parties du corps. Après de telles pratiques, le guérisseur se met à tousser et grimace comme s'il avait mangé quelque chose d'amer ; il crache dans sa main ce qu'il gardait dans la bouche, depuis le départ de sa maison : une pierre, un os, de la viande. Et si c'est justement quelque nourriture, il annonce au malade : « Sois certain que tu as mangé quelque chose qui t'a fait mal, dont tu souffres : regarde, je viens de le faire sortir de toi. C'est ton cemi qui l'y avait mis, parce que tu ne lui adressais pas de prières, tu ne lui fabriquais aucun oratoire, tu ne lui as jamais rien offert. » Si le cemi est une pierre, le Buhuitihu recommande au malade de bien l'honorer de son salut. Les Indiens sont quelquefois persuadés que ces pierres favorisent la fécondité des femmes ; aussi les gardent-ils avec un soin jaloux, entourées de coton, dans de petites corbeilles ; ils leur donnent ce qu'ils mangent, et font de même avec les cemini qui sont en leurs maisons. Les jours de fête, ils apportent quantité de victuailles – poissons, viandes, pain et autres mets de toute espèce – aux idoles dans les temples, pour tout ramener chez eux, le jour suivant, après que le cemi s'est servi. Étant fait de matière inerte, bois ou pierre, le cemi les aide en ne touchant pas aux plats.

PLUSIEURS CAS OÙ CES DITS « MÉDECINS » SE SONT TROMPÉS.

Après exécution de ce qui a été décrit, s'il arrive que le malade meure, que le mort ait beaucoup de parents et que se trouve parmi eux un seigneur assez puissant pour résister au Buhuitihu – car ceux qui n'ont guère de moyens n'oseraient entreprendre de lutter contre lui –, voici comment le défunt est vengé : voulant savoir si le malade est mort par la faute de son médecin, ou si c'est pour n'avoir pas observé la diète prescrite, on prend une herbe appelée Gueio, dont les feuilles ressemblent à celles du basilic, grosses et larges, et que l'on nomme aussi « zacone ». On obtient un mélange de la sève de ces feuilles avec des rognures d'ongles et des cheveux coupés au front du mort, réduits en poudre entre deux cailloux ; pendant que cette boisson est administrée au cadavre, par la bouche ou par le nez, on lui demande si le guérisseur fut le responsable de son décès et s'il faut l'imputer à de la négligence vis-à-vis du régime imposé. On le lui demande maintes fois, jusqu'à ce qu'il parle distinctement, comme un vivant. Et il dit en effet tout ce que l'on veut apprendre : que le Buhuitihu n'avait pas observé la diète indispensable, ou qu'il fut cause de sa mort. À son tour, le guérisseur l'interroge, puisqu'il parle si clairement, pour savoir s'il est encore de ce monde ou s'il est bien trépassé. Dès que l'on a appris ce que l'on cherchait, on le remet dans la sépulture d'où on l'avait sorti pour le questionner. D'autres tours de magie peuvent être pratiqués dans le même but : par exemple, on construit un grand bûcher, comparable à celui avec lequel le charbonnier fabrique son charbon de bois, et quand les rondins sont à l'état de braises, on jette le cadavre dans le feu en étouffant celui-ci avec de la terre, comme le charbonnier lorsqu'il recouvre son charbon. On laisse là le corps, aussi longtemps qu'il paraît nécessaire, et on l'interroge comme précédemment. Il répond qu'il ne sait rien. On le lui fait répéter dix fois, après quoi il ne parle plus. On lui demande enfin s'il est mort, mais il ne prend pas la parole au-delà de cette dixième redite.

COMMENT SE VENGE LA FAMILLE QUAND ELLE A UNE RÉPONSE ACCUSATRICE PAR LA POTION MAGIQUE ADMINISTRÉE AU MORT.

Un jour les parents se réunissent pour attendre le Buhuitihu et le frapper de tant de coups de bâton qu'ils lui cassent les jambes, les bras, la tête, le brisent complètement, le laissent pour mort. À la nuit, selon leur dire, arrivent toute sorte de serpents, des blancs, des noirs, des verts, de multiples couleurs : les serpents lèchent entièrement le visage et le corps du médecin que l'on croit être sa dépouille, et qui reste ainsi, deux ou trois jours pendant lesquels, dit-on, les membres se rassemblent et ressoudent, jusqu'à ce qu'enfin la victime se relève et marche lentement pour revenir autour de sa maison. Ceux qui la voient lui disent : « Je croyais que tu étais mort ! » « Les cimini en forme de serpents m'ont porté secours », répond le Buhuitihu. Et la famille du mort de maladie, qui pensait avoir tiré vengeance des mauvais procédés du guérisseur, crie sa colère et son désespoir, et médite de s'emparer de lui pour le tuer de façon définitive, en lui arrachant les yeux et lui écrasant les testicules. Car s'ils survivent aux coups de bâton et à toute espèce de chocs, ces médecins meurent enfin quand on leur coupe les testicules.

COMMENT LA FAMILLE QUI BRÛLE LE MORT TIRE VENGEANCE DE CE QU'ELLE APPREND.

Quand on dégage le foyer, la fumée qui monte dissimule le corps, qui pousse un grand cri au sortir de la fournaise. Il revient alors en arrière, fait irruption dans la case du guérisseur et couvre d'un mal soudain celui qui n'avait pas observé la diète : voici le médecin plein de plaies, et sa chair est à vif sur tout son corps ; ainsi a-t-on la certitude qu'il ne s'est pas protégé et que le malade est mort à cause de lui. La famille cherche alors à le tuer, comme nous l'avons déjà dit. Tels sont les maléfices habituels chez les Indiens.

FRÈRE DIEGO DE LANDA

CIFUENTES DE LA ALCARRIA, 1525 - MÉRIDA DE YUCATÁN, 1579

Selon les spécialistes, l'œuvre du franciscain Diego de Landa est la source de toute connaissance des Mayas. Il arrive au Yucatán en 1549, apprend parfaitement la langue maya, autant dans l'intérêt de sa mission que par simple curiosité. Il devient provincial de l'ordre, mais sa façon presque militaire d'imposer la conversion se heurte aux conceptions indigénistes de l'évêque Francisco de Toral qui le contraint à renoncer et à rentrer en Espagne. Là, il composera sa *Relation des choses de Yucatán,* sur la base de ses entretiens avec les Mayas. À la mort de Francisco de Toral, il revient au Yucatán, où il est évêque. Il y apporte son livre, par lequel il aura contribué à la reconstitution de la mémoire indienne que lui-même avait tenté d'effacer.

Le manuscrit original, ainsi que les copies, ont été perdus ; toutefois, l'abbé Brasseur de Bourbourg a trouvé dans la bibliothèque de l'Académie d'histoire de Madrid une copie abrégée et anonyme de 1616, seul vestige de l'œuvre de Landa. Tous les spécialistes accordent à ce document une absolue véracité.

RELATION DES CHOSES DE YUCATÁN*

XX

HABITATIONS DES MAYAS. LEUR SOUMISSION À LEURS PRINCES. ORNEMENTS DE TÊTE ET VÊTEMENTS.

La manière de bâtir les maisons dans le Yucatán était de les couvrir avec de la paille, et ils en avaient de fort bonne et abondamment, ou avec des feuilles de palmier, tout à fait propres à cet usage ; ils en élevaient le toit, lui donnant une pente considérable, de manière à ce que les eaux de la pluie n'y pussent pénétrer. Ils élevaient ensuite un mur au milieu, partageant la maison dans sa longueur, laissant dans ce mur quelques portes pour communiquer avec la partie qu'ils appelaient les derrières de la maison, où ils avaient leurs lits ; l'autre moitié était blanchie à la chaux avec beaucoup de soin. Chez les seigneurs, ces murs étaient recouverts de peintures agréables ; c'était dans cette partie qu'on recevait les hôtes et qu'on les logeait. Cette pièce n'avait point de portes ; mais elle était ouverte tout le long de la maison, le toit descendant fort bas, afin que l'on y fût à l'abri du soleil et de l'eau. On dit aussi que c'était pour se rendre maître de l'ennemi intérieur, en temps de nécessité. Le menu peuple bâtissait à ses frais les maisons des grands, et comme elles n'avaient point

* Traduction de l'abbé Brasseur de Bourbourg, Paris, Arthus Bertrand, 1864.

de portes, on regardait comme un grave délit de faire le moindre tort aux maisons d'autrui. Elles avaient toutefois, par derrière, une petite porte pour le service des communs. Pour dormir, ils avaient des bois de lits faits en treillis de cannes, tapissées de nattes, et ils s'y étendaient recouverts de leurs étoffes de coton. Durant l'été, ils dorment d'ordinaire sur le devant, étendus sur leurs nattes, les hommes principalement. Non loin de la maison, la population réunie préparait les champs du seigneur ; elle en prenait soin et moissonnait ce qui lui était nécessaire pour lui et sa famille ; lorsqu'il y avait du gibier ou du poisson, ou bien au temps où l'on apportait le sel, on faisait toujours la part du seigneur, toutes ces choses étant du ressort de la communauté.

Si le seigneur venait à mourir, bien que ce fût l'aîné qui lui succédait, les autres n'en étaient pas moins aimés, secourus ou regardés comme des seigneurs eux-mêmes. Quant aux autres chefs d'un rang inférieur, on leur fournissait également tout ce qui pouvait leur être nécessaire, chacun selon sa qualité et la faveur dont ils jouissaient près du seigneur. Les prêtres vivaient de leurs offices et des offrandes. Les seigneurs gouvernaient la ville ou la bourgade, arrangeant les procès, ordonnant et concertant les choses de leurs communautés par l'intermédiaire des principaux chefs, à qui l'on témoignait beaucoup d'obéissance et de respect, surtout s'ils étaient riches. On les visitait chez eux, et on leur faisait la cour dans leurs maisons ; on s'y réunissait pour agiter les questions importantes, ce qui ordinairement avait lieu la nuit. Si les seigneurs sortaient de la résidence, ils emmenaient à leur suite beaucoup de monde, et il en était de même lorsqu'ils sortaient de leurs maisons.

Les Indiens du Yucatán sont une race bien faite et de haute stature, vifs et très forts, mais généralement cagneux ; car dans leur enfance, lorsque leurs mères les portent d'un endroit à l'autre, elles les portent à califourchon sur les hanches. Ils regardaient comme une marque de beauté d'être louches ; aussi leurs mères leur donnaient-elles artificiellement ce défaut, en leur suspendant dès leur enfance aux cheveux un petit emplâtre de poix qui leur descendait au milieu des sourcils jusqu'à toucher les yeux ; et comme cet emplâtre s'y balançait constamment, ils en arrivaient à rester louches. Ils portaient la tête et le front aplatis, ce qui était également l'ouvrage de leurs mères : tout petits on leur perçait les oreilles pour y placer des pendants, et elles étaient généralement fort scarifiées à cause des sacrifices. Ils n'avaient point de barbe : ils disaient que leurs mères leur brûlaient le visage avec des linges chauds dans leur enfance, afin d'en empêcher la croissance ; mais maintenant ils en ont, quoique les poils soient aussi rudes que des soies de sanglier.

Ils portaient les cheveux longs comme les femmes ; au sommet ils se brûlaient comme une grande tonsure, laissant croître la chevelure tout autour, tandis que les cheveux de la tonsure restaient courts ; ils les tressaient en guirlande autour de la tête, à l'exception d'une petite queue qui tombait en arrière comme une houppe.

Tous les hommes se servaient de miroirs, tandis que les femmes n'en avaient point ; aussi, pour parler de ceux qui étaient cocus, disait-on d'eux que leurs femmes leur avaient mis le miroir dans les cheveux au-dessus de l'occiput.

Ils se baignaient fréquemment, sans se mettre en peine de couvrir leur nudité devant les femmes, si ce n'est en y portant la main. Ils étaient amateurs de parfums ; aussi ont-ils l'usage des bouquets de fleurs ou d'herbes odoriférantes, arrangés avec beaucoup d'art. La coutume existait également chez eux de se peindre le corps et le visage en rouge, bien qu'elle leur parût mauvaise, mais cela passait pour très gracieux.

Leur vêtement était une ceinture de la largeur de la main qui leur servait de braies et de haut-de-chausses ; ils s'en enveloppaient plusieurs fois les reins, de manière à ce qu'il en tombât un bout par devant et un autre par derrière. Ces bouts étaient travaillés avec beaucoup de soin par leurs femmes, qui les ornaient de broderies et d'ouvrages de plumes ; par là-dessus, ils portaient des manteaux amples et carrés, qu'ils se nouaient sur les épaules ; ils avaient des sandales de chanvre ou de cuir de bêtes fauves tanné à sec, et n'usaient point d'autres vêtements.

XXI

NOURRITURE ET REPAS DES INDIENS MAYAS.

Leur principale subsistance est le maïs, dont ils font des mets et des breuvages variés : en le buvant même à leur manière, cela leur sert à la fois de boire et de manger. Les Indiennes mettent la veille le maïs à tremper durant une nuit dans de l'eau, mêlée de chaux ; au matin, il se trouve ramolli et à moitié cuit, et elles lui ôtent ainsi la peau et le germe. Elles le moulent ensuite sur une pierre, et c'est lorsqu'il est à demi moulu qu'elles le donnent aux ouvriers, aux voyageurs et aux navigateurs sous forme de grandes pelotes : ceux-ci les emportent et elles leur durent plusieurs mois, sans autre détérioration que de s'aigrir. Lorsqu'ils veulent s'en servir, ils en prennent une poignée qu'ils délayent avec de l'eau dans un vase formé de l'écorce du fruit d'un arbre que Dieu leur a donné, les pourvoyant ainsi de vases naturels : ils y boivent cette substance et mangent le reste, ce qui leur fait une nourriture savoureuse et qui les soutient à merveille. De la portion moulue entièrement, ils tirent du lait qu'ils épaississent au feu et dont ils font une sorte de bouillie pour le matin : ils la boivent chaude, et sur ce qui reste du matin ils jettent de l'eau pour le boire durant le jour ; car ils ne sont pas accoutumés à boire de l'eau seule. Ils font griller aussi du maïs et le moulent ensuite, le délayant dans de l'eau, ce qui fait une boisson fort fraîche, en y mêlant un peu de piment des Indes ou de cacao.

Ils font encore du maïs et du cacao, réduits en poudre, une sorte de boisson écumante fort savou-

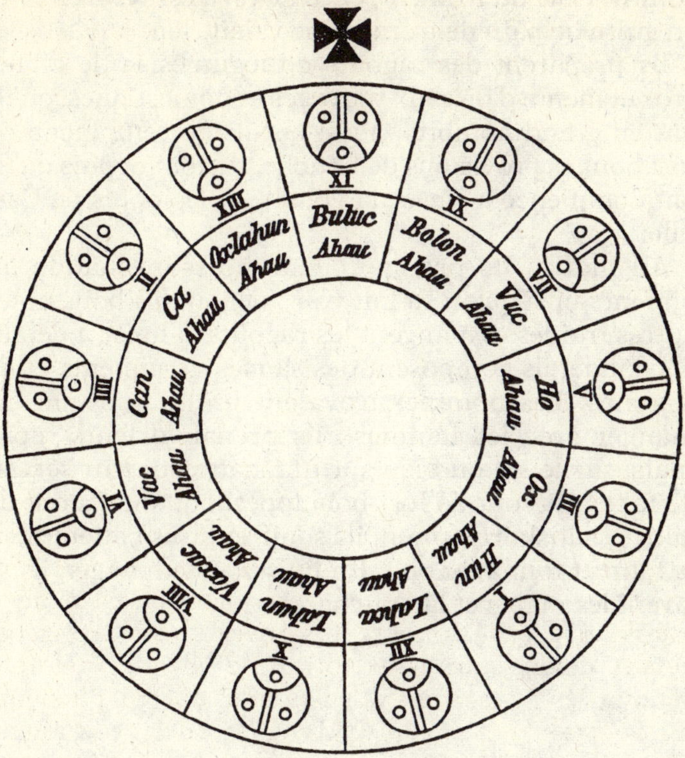

Au centre de la roue se trouvent dans le texte original ces paroles : « *Llaman a esta cuenta en su lengua Uazlazon Katun que quiere dezir la guerra : de los Katunes.* »

C'est-à-dire, ils appellent, dans leur langue, cette computation Uazlazon Katun, ce qui signifie la guerre ou le jeu des Katuns.

reuse : c'est avec cela qu'ils célèbrent leurs fêtes. Ils retirent du cacao une graisse qui ressemble à du beurre, et de cette graisse mêlée avec du maïs composent un autre breuvage savoureux et fort estimé. Ils font également une boisson de la substance du maïs moulu et cru, qui est fort rafraîchissante et agréable. Ils font du pain de différentes manières bon et salubre, sauf qu'il est indigeste lorsqu'on le mange froid ; aussi les Indiennes passent-elles beaucoup de temps au travail afin d'en faire plusieurs fois le jour. On n'a pu réussir encore à en faire de la farine qu'on puisse pétrir comme celle du froment, et ce qu'on a essayé d'en faire en guise de pain de froment ne valait rien.

Ils préparent des ragoûts de légumes et de gibier, gros et menu, d'oiseaux sauvages et domestiques, qu'ils ont en grand nombre ; aussi ont-ils de cette façon de fort bonnes provisions de bouche, surtout depuis qu'ils ont commencé à élever la volaille et les porcs de Castille.

Au matin, ils prennent leur boisson chaude au piment, ainsi qu'on l'a fait voir ; de jour, ils boivent les autres froides et mangent les ragoûts la nuit : à défaut de viande, ils composent des sauces de piments et de légumes. Les hommes n'avaient pas la coutume de manger avec les femmes : ils prenaient leurs repas seuls, sur le sol ou bien sur une natte qui leur servait de table. Ils sont de fort bon appétit, quand ils ont de quoi se satisfaire ; sinon, ils souffrent très patiemment la faim et font avec peu. En finissant de manger, ils se lavent les mains et la bouche.

XLI

AHAU-KATUN OU CYCLE DES MAYAS. LEUR ÉCRITURE ET LEUR ALPHABET.

Ainsi qu'on l'a fait voir plus haut, ces Indiens n'avaient pas seulement la computation de l'année et des mois, mais ils avaient aussi une certaine manière de compter les temps et leurs choses par âges, ce qu'ils faisaient de vingt en vingt ans, en comptant treize vingtaines au moyen d'une des vingt lettres de leur mois, appelé *Ahau,* mais sans ordre et alternés seulement, comme on le verra dans la roue ci-dessus : ils appellent ces figures *Katun* et ils y retrouvaient à merveille la computation de leurs âges. Aussi était-il facile au vieillard dont j'ai parlé dans le premier chapitre de se souvenir de trois cents ans en arrière ; car si je n'avais su ce que c'est que ces computations, je n'aurais jamais cru qu'ils pussent ainsi se souvenir d'un temps si long.

Quant à celui qui régla l'ordre de ces *Katuns,* si ce fut le démon, il s'en tira certainement comme à l'ordinaire, en tout honneur ; si ce fut un homme, ce devait être un bien grand idolâtre ; car à tous ces *Katuns* il ajouta toutes les tromperies, les divinations et les subtilités où ces gens, en outre de leurs misères, se sont laissé enjoler, cette science étant entre toutes celle à laquelle ils donnaient le plus de crédit, mais dont tous les prêtres également ne savaient, d'ailleurs, pas rendre bien compte. L'ordre qu'ils avaient pour compter leurs dates et faire leurs divinations, à l'aide de cette computation, était qu'ils avaient dans le temple deux idoles dédiées à deux de ces caractères. Au premier, qui commençait avec la croix placée au-dessus du cercle, ils rendaient leurs hommages, en lui faisant des offrandes et des sacrifices pour obtenir le remède des calamités de ces vingt ans ; mais après qu'il s'était passé dix années de ce premier, ils ne lui offraient plus autre chose que de l'encens et des respects. Une fois les vingt années du premier passées, ils commençaient à se conduire d'après les présages du second et à lui offrir des sacrifices, ayant ôté l'idole du premier pour mettre celle du second, afin de le vénérer dix autres années.

Ces Indiens disent, par exemple, que les Espagnols étaient arrivés à la cité de Merida l'an de la nativité de Notre-Seigneur 1541, ce qui était précisément le premier de l'an *Buluc-Ahau,* le même qui se trouve placé sur la case où est la croix, et qu'ils entrèrent aussi au mois de *Pop,* le premier de leur année. Si les Espagnols n'étaient ici actuellement, ils auraient adoré l'idole de *Buluc-Ahau* jusqu'à l'an 51, ce qui aurait fait dix ans ; mais à la dixième année, ils auraient mis l'idole de *Bolon-Ahau,* et lui auraient rendu leurs hommages, en continuant à se conduire par les pronostics de *Buluc-Ahau* jusqu'à l'an 61 ; alors ils l'auraient enlevée du temple et y auraient mis l'idole de *Uac-Ahau,* tout en continuant à se conduire par les pronostics de *Bolon-Ahau,* durant dix ans encore, et ainsi du reste jusqu'à ce qu'ils eussent fait le tour. De cette manière, ils vénéraient leurs *Katuns* pendant vingt ans, et pendant dix, se réglaient suivant leurs superstitions et jongleries qui étaient en si grand nombre, qu'il y en avait plus qu'il n'en fallait pour tromper ces gens simples, et il y aurait de quoi s'en étonner, si on ne savait ce que sont les choses de la nature et l'expérience qu'en a le démon.

Ces peuples se servaient aussi de certains caractères ou lettres, avec lesquelles ils écrivaient dans leurs livres leurs choses antiques et leurs sciences, et par leur moyen et celui de certaines figures et signes particuliers dans ces figures, ils entendaient leurs choses, les donnaient à entendre et les enseignaient. Nous leur trouvâmes un grand nombre de livres dans ces caractères, et, comme ils n'en avaient aucun où il n'y eût de la superstition et des mensonges du démon, nous les leur brûlâmes tous, ce qu'ils sentirent vivement et leur donna de l'affliction.

XLII

MULTITUDE DES ÉDIFICES DU YUCATÁN. CEUX D'YZAMAL, DE MÉRIDA ET DE CHICHEN-ITZA.

Si la multitude, la grandeur et la beauté des édifices étaient capables d'ajouter à la gloire et à la renommée d'un pays, ainsi qu'il est arrivé à tant d'autres régions des Indes pour l'or, l'argent et les richesses de toute sorte, il est bien certain que le Yucatán n'eût pas acquis une illustration moindre que le Pérou et la Nouvelle-Espagne ; car quant à ses édifices et à leur multitude, c'est bien de toutes les choses découvertes dans les Indes la plus remarquable. En effet, ils s'y trouvent en si grand nombre, et en tant de contrées distinctes, ils sont si bien bâtis, à leur manière, en pierre de taille, qu'il y a de quoi remplir le monde d'étonnement. Mais comme cette contrée, tout excellente qu'elle soit, n'a plus aujourd'hui la prospérité dont elle paraît avoir joui autrefois, qu'on y admire un si grand nombre d'édifices sculptés, sans qu'il s'y trouve, néanmoins, aucun genre de métal, avec lequel on ait pu les travailler, je donnerai ici les raisons que j'ai entendu émettre à ce sujet par ceux qui les ont examinés.

C'est d'abord que cette nation a dû être soumise à des princes, désireux d'occuper constamment leurs sujets, ou qu'étant si singulièrement dévots à leurs idoles, ils aient voulu obliger les communes à leur bâtir des temples ; c'est peut-être que les populations ayant changé de place, pour des raisons particulières, elles aient toujours pensé à édifier de nouveaux sanctuaires et des maisons pour l'usage de leurs chefs, aux lieux où elles se transportaient, leur coutume, quant à elles-mêmes, étant de se bâtir des demeures en bois, couvertes de chaume, ou bien que la facilité qu'il y a de se procurer de la pierre et de la chaux dans ce pays, ainsi qu'une sorte de terre blanche, excellente pour les édifices, leur ait donné l'idée d'ériger une si grande quantité de monuments qu'en vérité, à moins de les avoir vus, on pourrait s'imaginer que c'est de la folie d'en parler ainsi.

Ou bien ce pays cache encore un secret que jusqu'à présent on n'a pu deviner, et que les gens d'aujourd'hui sont impuissants à découvrir ; car, dire que d'autres nations auraient assujetti ces Indiens pour les faire travailler, n'a pas davantage de fondement, parce qu'on voit clairement à des caractères certains que c'est la même race indienne, nue comme elle est, qui a construit ces édifices ; c'est ce dont on peut s'assurer, en considérant un des plus grands qui se trouve ici, entre les ornements duquel on remarque des débris d'hommes nus, mais les reins couverts de la ceinture qu'ils appellent *ex*, sans compter d'autres décorations que les Indiens d'aujourd'hui font encore d'un ciment extrêmement fort. Or il arriva que, tandis que je demeurais ici, on trouva dans un édifice en démolition une grande urne à trois anses, recouverte d'ornements argentés extérieurement, au fond de laquelle il y avait des cendres provenant d'un corps brûlé, parmi les-

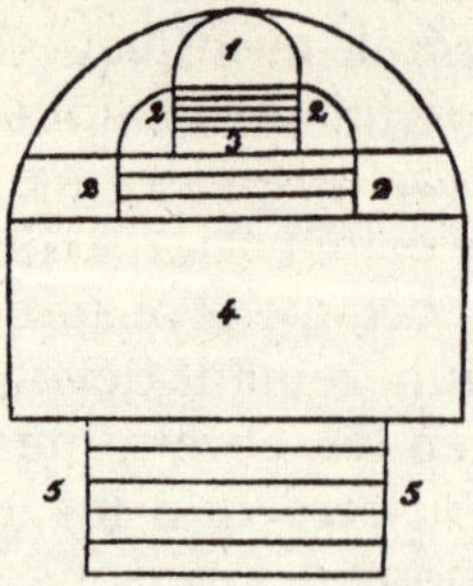

N° 1. – Chapelle *(capilla)*.
N° 2. – Escalier *(escalera)*.
N° 3. – Palier ou plate-forme *(descanso o plaça)*.
N° 4. – Plate-forme grande et belle *(plaça muy grande y hermosa)*.
N° 5. – Escalier très raide à monter *(escalones mey agros de subir)*.

quelles nous trouvâmes des objets d'art en pierre, bien travaillés, de ceux que les Indiens reçoivent encore actuellement comme de la monnaie ; ce qui, au total, prouve que ce furent des Indiens qui furent les constructeurs de ces édifices.

Je sais bien que si ce furent des Indiens, ils devaient être d'une condition supérieure à ceux d'aujourd'hui, plus grands et plus robustes, ce qui se voit bien plus ici encore et à Yzamal qu'ailleurs, dans les statues en demi-bosse, modelées en ciment que je dis se trouver dans les contreforts, et qui sont d'hommes de haute taille ; on ne le voit pas moins dans les extrémités des bras et des jambes de l'homme, de qui étaient les cendres de l'urne que nous trouvâmes dans l'édifice en question ; ces os avaient dû brûler à merveille et étaient fort gros. On le voit encore dans les marches des édifices qui sont de deux bons palmes de hauteur, et cela seulement ici à Yzamal et à Mérida.

Ici à Yzamal, entre autres, il y a un monument d'une telle élévation qu'il en inspire l'épouvante, ce qu'on verra dans la figure et l'explication ci-jointes. Il y a vingt degrés, de plus de deux bons palmes de haut et d'un palme et tiers de large, et l'édifice a plus de cent pieds de hauteur. Ces degrés sont de pierres fort grandes et bien travaillées, quoiqu'elles soient déjà bien laides et abîmées à cause du temps et de la pluie. Tout autour, comme le montre le demi-cercle, elle a une muraille parfaitement travaillée, d'une grande solidité, et comme à une toise et demie de haut, une corniche en saillie de fort belles pierres tout à l'entour, après quoi l'édifice continue à s'élever jusqu'à ce qu'il atteigne l'esplanade qui se trouve en haut du premier escalier.

Ensuite, de cette esplanade, vient une autre petite plate-forme ; puis, tout contre le mur, une pyramide fort élevée, avec son escalier au midi, où viennent donner également les grands escaliers, et tout en haut se trouve une chapelle en pierre équarrie, parfaitement sculptée. Étant monté un jour au sommet de cette chapelle, comme on sait que le Yucatán est un pays plat, j'ai vu de là toute la terre, autant que les yeux peuvent en atteindre, ainsi que la mer. Ces édifices d'Yzamal étaient en tout onze ou douze, quoique celui-ci soit le plus grand, et ils sont fort rapprochés les uns des autres. Il n'y a aucun souvenir de leurs fondateurs, et ils paraissent avoir été les premiers. Ils se trouvent à huit lieues de la mer, dans une fort belle situation, dans une région fertile et bien peuplée ; c'est pour cela que les Indiens nous obligèrent par toutes sortes d'importunités à établir, en 1549, une maison sur le sommet d'un de ces édifices, ce qui a beaucoup aidé à les amener au christianisme avec ceux des environs, d'où il suit que l'on a colonisé deux bonnes communes de ce côté-ci, à part l'une de l'autre.

Au second rang des édifices de ce pays, et parmi les plus beaux, sont ceux de *Tiho,* qui sont d'une si haute antiquité qu'il n'y a pas non plus mémoire de leurs fondateurs : ils existent à treize lieues d'Yzamal et à huit de la mer, ainsi que les autres, et l'on voit entre les deux villes les restes d'une chaussée, qui paraît avoir été fort belle. Les Espagnols établirent ici une cité qu'ils appelèrent Merida, à cause de la singularité et de la grandeur des édifices ; j'en ferai connaître ici le principal,

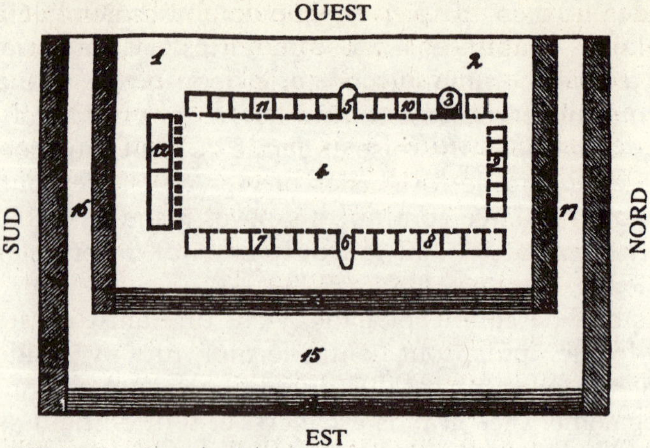

N°s 1 et 2. – Cour *(patio).*

N° 3. – Chapelle *(capilla).*

N° 4. – Cour fort belle *(patio hermosisimo).*

N°s 5, 6. – Passages.

N°s 7, 8, 9, 10, 11. – Cellules *(estas eran celdas de una parte y otra, y el de en medio era transito y asi lo era lo de la parte del poniente).*

N° 12. – Appartement partagé en deux *(este quarto es largo, partido en dos pieças).*

N°s 13 et 14. – Escaliers *(escaleras).*

N° 15. – Palier principal *(descanso de mas de treinte pies).*

N°s 16 et 17. – Autres paliers intermédiaires *(otro descanso adonde se subia por esta escalera).*

aussi bien que je le pourrai, comme pour celui d'Izamal, afin qu'on puisse mieux comprendre ce que c'est.

C'est ici l'esquisse que j'ai pu tracer de l'édifice : pour le comprendre, il faut se mettre dans l'idée que c'est un grand plan carré qui a bien deux courses de cheval en extension. Du côté de l'orient commence l'escalier qui, du sol à la première esplanade, a sept degrés de la hauteur de ceux d'Yzamal. Les trois autres faces du midi, du couchant et du nord consistent en une muraille forte et très large. Après cette première masse, toute carrée et de pierre sèche, au sommet aplani, recommence un second escalier du même côté oriental, faisant retrait au-dessus du premier, autant qu'il m'a paru, de vingt-huit à trente pieds, composé de tout autant de degrés et aussi grands que les autres. Le même retrait a lieu au nord et au midi, mais pas au couchant, où le mur arrive à la hauteur des escaliers, faisant un massif de pierre sèche dont la hauteur et la grandeur remplissent d'étonnement, tant la main-d'œuvre est considérable. Sur le plan supérieur commencent alors les édifices de la manière suivante : du côté de l'orient, comme à six pieds environ de l'escalier, s'étend, d'un bout à l'autre, un appartement tout bâti en pierre, parfaitement travaillée, partagé en cellules de douze pieds de long, sur huit de large. Les portes de chacune d'elles sont au centre, sans aucune apparence de battants ni de gonds pour les fermer, sinon que les linteaux sont de pierres fort bien travaillées et admirablement jointes, les portes toutes fermées par le haut de moellons d'une seule pièce.

Au milieu, il avait un passage comme un arc de pont, et au-dessus des portes des cellules s'avançait une corniche de pierre, entièrement sculptée dans son étendue ; sur la corniche se trouvaient un certain nombre de petits pilastres ronds, enclavés à demi dans le mur, et s'élevant jusqu'à la hauteur où commençaient les voûtes qui fermaient les cellules par le haut ; au-dessus de ces pilastres s'avançait une autre corniche tout autour des chambres. Le sommet était en terrasse, fait à la chaux et d'une grande force, comme tout ce qui se fait dans ce pays, où ces ciments se préparent avec l'eau d'une certaine écorce d'arbre.

Du côté du nord, il y avait une autre suite de cellules semblables, sauf qu'elles étaient de moitié moins larges que les précédentes. Au couchant, il y en avait d'autres, et après quatre ou cinq il se trouvait une arcade qui traversait l'ensemble de l'édifice, comme celui du milieu de la rangée orientale ; puis un édifice de forme ronde assez élevé, puis un autre arc et ensuite des cellules comme le reste. Cette rangée de bâtiments traverse toute la cour principale, laissant de côté bien moins que la moitié ; de sorte qu'il y a deux cours, l'une derrière au couchant, et l'autre au levant, qui se trouvent ainsi renfermées par quatre rangées de bâtiments. Mais la dernière est fort différente, car c'est un appartement érigé au midi, comprenant seulement deux chambres voûtées tout le long comme les autres, ayant par devant une galerie formée de fort gros piliers et fermée du haut avec de très belles pierres d'une seule pièce. Au milieu s'étend un mur sur lequel s'appuie la voûte des deux chambres, avec deux portes pour entrer de l'une dans l'autre, de manière que par le haut le tout se ferme en forme de harnais (?).

À quelque distance de cet édifice, comme à deux bons jets de pierre, il y a une autre fort belle cour en terrasse ; il s'y trouve trois monticules de pierres, bien travaillées, au sommet desquels s'élèvent de bonnes chapelles avec leurs voûtes, telles qu'ils les savaient et étaient accoutumés de faire. Assez loin de là, il y a une autre grande et belle pyramide, qui, bien qu'ayant servi de carrière à une grande partie des habitants de la cité, établis à l'entour, n'a pas l'air toutefois de devoir jamais disparaître. Quant au premier édifice, comprenant les quatre rangées de cellules, il nous fut donné par l'adelantado Montejo : comme il était couvert de bois et de broussailles, nous le nettoyâmes et nous y bâtîmes, de la pierre même qu'il nous fournit, un monastère passable et une bonne église que nous nommâmes de la Mère de Dieu. On en tira tant de pierres que, quoique nous eussions laissé entières celles du côté méridional et une partie des corps de logis des côtés, nous pûmes en donner encore aux Espagnols pour construire leurs maisons, en particulier les portes et les fenêtres, tant le matériel était en abondance.

Les édifices de la ville de *Tikoh* ne sont pas tout à fait aussi somptueux que quelques-uns de ceux-ci, quoiqu'ils fussent assez beaux et assez remarquables ; je n'en ferais d'ailleurs ici aucune mention, si ce n'était pour la grande population qu'il y a eu dans ce pays, et dont j'aurai nécessairement à parler ; c'est pourquoi je laisserai ce sujet pour le moment. Ces édifices existent à trois lieues d'Yzamal à l'orient et à sept de *Chichen-Itza.*

Chichen-Itza est dans une situation fort bonne, à dix lieues d'Izamal et à onze de Valladolid. C'est là, à ce que disent les anciens d'entre les Indiens, que régnèrent trois princes frères, qui, d'après les souvenirs que ceux-là ont recueillis de la bouche de leurs ancêtres, vinrent du côté du couchant à ce pays et réunirent en ces diverses localités des populations nombreuses, que les trois princes gouvernèrent en paix et justice durant plusieurs années. Ils honoraient leur dieu avec beaucoup de dévotion ; c'est pourquoi ils érigèrent un grand nombre d'édifices magnifiques, un entre autres, et le plus haut dont je ferai ici l'esquisse, comme je l'ai dessiné, m'y trouvant, afin qu'on m'entende davantage.

Ces princes vécurent, à ce qu'on dit, sans femmes, et dans une entière honnêteté, et, tout le temps qu'ils demeurèrent ainsi, ils furent tenus en grande estime et obéis de tous. Mais, avec le temps, l'un d'eux vint à manquer, soit qu'il fût mort, soit, comme les Indiens le disent, qu'il se fût retiré du pays du côté de Bac-halal. Quoi qu'il en soit de son absence, elle se fit promptement sentir à l'égard de ceux qui gouvernèrent après lui ; ils se firent des partis dans la nation, adoptant les mœurs, les plus dissolues et les plus effrénées, et les choses allèrent au point que le peuple les ayant pris en horreur, les mit à mort : les charges que l'on remplissait furent délaissées, et la ville, dont le site est si beau et si agréable pour n'être qu'à dix lieues de la mer, fut abandonnée. Il y a tout à l'entour des terres et des provinces fort fertiles, et voici la figure de l'édifice principal.

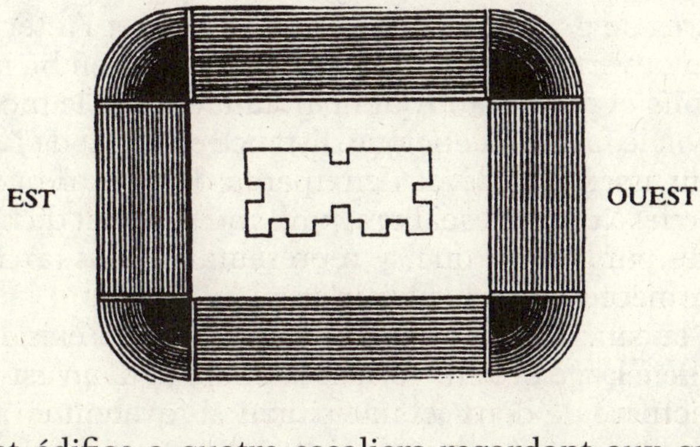

Cet édifice a quatre escaliers regardant aux quatre points du monde : ils ont chacun trente-trois pieds de large et quatre-vingt-onze degrés, et c'est un supplice que de les gravir. Les degrés ont la hauteur et la largeur que nous donnons aux nôtres : de chaque côté des escaliers, il y a une rampe basse, de niveau avec les degrés, de deux pieds de large et de bonne pierre de taille, comme le reste de l'édifice. Cet édifice n'a pas d'angles ; car, à commencer du sol, le massif, entre les rampes, s'élève en diminuant par intervalles, sous une forme cubique, en se rétrécissant avec l'édifice, jusqu'en haut d'une manière fort élégante comme on peut le voir ici. À l'époque où je le vis, il y avait au pied de chaque rampe une gueule de serpent féroce, tout d'une pièce, admirablement travaillée. En haut des escaliers, se trouve, au sommet, une plate-forme sur laquelle s'élève un édifice composé de quatre corps de logis ; trois d'entre eux en font le contour sans empêchement, ayant chacun une porte au milieu, et fermés en haut par une voûte. Le quatrième, qui est au nord, a une forme spéciale avec une galerie de gros piliers. Le centre de cet édifice, qui devait présenter comme une petite cour, enfermée entre les différents corps de logis, a une petite porte qui sort à la galerie du nord, dont le sommet, fermé avec du bois, servait de local à brûler des parfums. À l'entrée de cette porte ou de la galerie, se trouve comme un écusson, sculpté sur une pierre, mais que je n'ai pu bien entendre. Tout à l'entour de cet édifice, il y en a un grand nombre d'autres de grande et belle construction, et l'intervalle est recouvert de ciment qui subsiste entier en bien des endroits et qui paraît tout neuf, tant est dur le mortier dont on le faisait. À quelque distance en avant de l'escalier du nord, il y avait deux petits théâtres de pierre équarrie, à quatre escaliers, pavés au sommet de belles pierres, où l'on dit que se représentaient des farces et des comédies pour le plaisir du public.

De la cour qui précède ces deux théâtres s'étend une chaussée large et belle jusqu'à un puits, qui en est éloigné comme de deux jets de pierre. Ils avaient eu relativement à ce puits et ils avaient encore la coutume d'y jeter des hommes tout vivants en sacrifice à leurs dieux, dans les temps de sécheresse, bien persuadés qu'ils ne mouraient point, quoiqu'ils ne les vissent plus.

Ils y jetaient aussi une grande quantité d'autres choses, comme des pierres de prix et des objets d'une grande valeur pour eux. Aussi est-il certain que si ce pays avait été riche en or, c'est ce puits qui en aurait la plus grande part, tant les Indiens y avaient de dévotion. Ce puits a sept stades de profondeur jusqu'à l'eau ; il est rond, et sa largeur est de plus de cent pieds, taillé qu'il est dans la roche jusqu'à l'eau, d'une façon merveilleuse. L'eau a l'apparence d'être fort verte, mais je crois que ce sont les bocages environnants qui lui donnent cette couleur, et il est d'ailleurs fort profond. Au sommet, tout contre le bord, existe un édicule où je trouvai des idoles, faites en honneur de tous les édifices principaux du pays, juste comme le Panthéon à Rome. Je ne sais si c'était là une invention ancienne ou bien des Indiens actuels, pour avoir occasion de se retrouver avec leurs idoles, en venant avec des offrandes à ce puits. J'y trouvai des lions sculptés, des vases et autres objets façonnés de telle manière, que personne ne serait tenté de dire que ces gens les eussent travaillés sans aucun instrument de métal. J'y trouvai aussi deux hommes sculptés en pierre, d'un seul morceau chacun, de haute stature, et les parties recouvertes, suivant l'usage des Indiens. Ils avaient la tête d'une manière particulière, avec des pendants aux oreilles, selon l'usage du pays, formant un épi derrière le col, qui s'enchâssait dans un trou profond, fait à dessein dans ce même col, et ainsi enchâssée la statue était complète.

FRÈRE BERNARDINO DE SAHAGÚN

SAHAGÚN DE CAMPOS, LEÓN 1499-MEXICO, 1590

En 1529, frère Bernardino de Sahagún s'embarque de Cadix vers l'Amérique, dans l'expédition apostolique de frère Antonio de Ciudad Rodrigo. Ils arrivent à Mexico. Les Espagnols reconstruisent la ville sur les ruines de l'ancien Tenochtitlán, capitale des Aztèques. En reconstruisant, ils détruisent les derniers restes, mais Sahagún réussit à voir et admirer l'architecture indienne. Ces ruines qu'on trouve également à Michoacan et Tula sont aussi magnifiques que celles décrites par Landa au Yucatán. Sahagún apprend la langue indienne et parvient même à l'écrire, afin de garder le souvenir de la culture autochtone. En consultant divers récits des sages interrogés d'après des minutes, il établira les points de concordance des informations, ce qui donnera une base scientifique à son texte. Sahagún fait à la fois œuvre de missionnaire, de pédagogue et de linguiste-ethnologue.

HISTOIRE GÉNÉRALE DES CHOSES DE LA NOUVELLE-ESPAGNE*

PETITS MÉTIERS ET MÉTIERS D'ART

Le *marchand d'œufs* élève ordinairement les poules qui les pondent. Il vend aussi des œufs de canard et de perdrix, frais et nouvellement pondus. Il en fait parfois des omelettes et d'autres fois un autre plat en casserole. Le marchand déloyal en ce genre trompe en vendant des œufs gâtés, ainsi que des œufs de canards sauvages, de corbeaux, d'auras et d'autres oiseaux dont les produits ne se mangent pas.

Le *marchand de poules* a l'habitude de les élever. Quelquefois il en achète pour les revendre, de l'espèce du pays et de celle de Castille, grosses, tendres, jeunes ; ainsi que des poules et des coqs à jabot. Le mauvais marchand en ce genre vend des poules vieilles, dures, maigres, malades, prises de pépie ou déjà mortes et de mauvaise odeur.

L'*ouvrier qui fait des rasoirs* ou couteaux du pays les retire de la pierre noire avec un instrument en bois en s'aidant des pieds et des mains. À chaque coup il fait éclater un couteau. Les uns sont faits pour raser la tête, les autres pour d'autres usages. Il en est qu'on fait sauter de la surface même de la pierre ; on en prépare d'autres à deux tranchants qui servent à racler des

* Traduction de D. Jourdanet et Rémi Siméon, Paris, 1880.

magueys pour en faire sortir la sève. Quelques-uns de ces couteaux sont blancs, d'autres sont jaspés ou jaunes. Il y en a d'ordinaires qui servent à raser les soies de porcs après qu'on les a flambés.

L'*apothicaire* qui vend des remèdes connaît les herbes, les racines, les arbres, les minerais, l'encens du pays et toutes les substances médicales dont il est traité dans le XIe livre. Il en dispose séparément sur une natte, au marché, pour en faire la vente.

Le *fabricant de nattes* possède une grande provision de joncs et de feuilles de palmes. Il les étend d'abord sur un sol plan pour les exposer au soleil. Il fait choix des meilleurs et il les range en bon ordre. Les nattes qu'il vend sont tissues de différentes couleurs, ou faites de feuilles de palmes sans autre nuance...

Le *lapidaire ou marchand de pierres précieuses* sait tailler adroitement et polir les pierres de manière à leur donner tout leur éclat. Parfois il fait le polissage au moyen de la canne massive qu'on appelle *teotlatl*. D'autres fois il les lime et il les rend moins épaisses. Celui qui vend de bonne foi connaît à fond les plus précieuses, comme l'émeraude fine, la perle nette, le jais, les pierres caractérisées par la variété de leurs nuances que leur finesse rend très brillantes. Celles qu'il regarde comme ayant du mérite sont vendues par lui en conséquence en tenant compte des qualités propres de chacune d'elles. Celui qui vend des pierres fausses est un trompeur, parce qu'il présente comme précieuses celles qui ne le sont nullement, qui ne sont que fort ordinaires et peu dignes d'estime. Du reste, il vend trop cher et en s'appuyant toujours sur des paroles trompeuses.

L'*orfèvre en or* vend des boucles d'or, d'argent ou de cuivre, ou bien des chaînes et des colliers d'or, ainsi que des bracelets pour les poignets. S'il est bon ouvrier, animé de la crainte de Dieu et doté d'une bonne conscience, il vend les objets qu'il fabrique, chacun pour sa valeur réelle. Il est souvent à sa convenance de faire des objets en or, les uns larges, les autres ronds, quelques-uns en façon d'écrevisse. Celui qui n'est point loyal a l'habitude de mêler le bon avec le faux or ou d'employer un métal bas auquel il donne du brillant. C'est ainsi qu'il trompe l'acheteur. En fait de prix il marchande fort, est peu accommodant et fort obstiné.

L'*ouvrier en plumes* compte parmi les marchands. Celui qui est bon en ce métier a les plumes en grande estime ; il les garde et soigne fort bien. Son occupation est de vendre des plumes estimées de toutes couleurs et de toutes espèces d'oiseaux ; les plumes vertes, les plus appréciées qui ont le bout recourbé et d'autres encore qui ont un éclat chatoyant. Celui qui est déloyal fait des plumes fausses et transforme les vieilles en neuves au moyen de couleurs empruntées.

Celui qui achète l'argent est un marchand. Il possède du bien et il a des dépôts d'argent et d'or. Celui qui acquiert des métaux précieux en échange connaît bien la valeur de l'or et de l'argent eu égard au poids et au degré de finesse. Il est diligent et soucieux en son métier. Il ne fraude pas en pesant, il aimerait mieux ajouter au poids que de le diminuer en quoi que ce fût. Le petit marchand en métaux précieux a l'habitude de tromper en vendant ; il demande de sa marchandise plus qu'elle ne vaut, se tient à ses prix et marchande outre mesure.

Celui qui vend des *mantas* est obligé d'acheter en grand pour vendre en détail. Celui qui connaît bien ce genre d'affaires n'a point recours à la fraude, mais il est juste et droit dans sa vente. Il a l'habitude d'être calme et convenable dans l'exercice de son métier et il vend sa marchandise à un prix juste et modéré. Les *mantas* qu'il vend sont neuves, fortes et épaisses ; il en vend aussi de fines, à fils rares, comme celles qui servent de coiffure, ou encore de lisses unies, larges et longues. Le mauvais trafiquant en ce genre est un homme sans conscience, un trompeur et menteur. Il fait l'éloge de sa marchandise en paroles choisies ; il marchande beaucoup ; mais en somme il baisse ses prix au-dessous des habitudes des acheteurs. C'est qu'alors les *mantas* qu'il vend sont avariées, moisies, rapiécées et d'un aspect faux, attendu qu'il est fort adroit au métier de raccommodage. Il sait aussi les apprêter avec l'emploi d'une masse qui donne de la couleur. Les vieilles défroques sont mises à la lessive pour être blanchies ; quelquefois il étend par-dessus un *atole*[1] épais ; il les repasse avec soin, de sorte qu'on les dirait neuves et d'un bon service. On fait encore d'autres tromperies et fraudes semblables.

DEVINETTES

Qu'est-ce qu'une écuelle bleue parsemée de maïs cuits appelés momochtli *?* – C'est le ciel qui est parsemé d'étoiles.

Qu'est-ce que c'est qu'une chose qui va par un vallon, traînant ses boyaux ? – C'est l'aiguille quand on coud et qu'elle traîne son fil.

Qu'est-ce qu'un teponaztli *en pierre précieuse entourée de chair vive ?* – C'est le pendant d'oreille en pierre qui est mis dans le trou de l'oreille.

Qu'est-ce que c'est que dix pierres qu'on porte sur soi ? – Ce sont les ongles qui sont sur les doigts.

Qu'est-ce que c'est que la chose que l'on prend sur une montagne noire et qui se tue sur un tapis blanc ? – C'est le pou qu'on prend sur la tête et que l'on tue sur l'ongle...

Qu'est-ce que c'est qu'un négrillon qui écrit avec du verre fin ? – Ce sont les petits escargots noirs qui, marchant, laissent derrière eux une bave vitrée.

Qu'est-ce qu'une chose qui, partout, se courbe au-dessus de nous ? – Ce sont les panaches du maïs qui se courbent quand ils se sèchent.

Qu'est-ce que c'est qu'une monstrueuse vieille qui mange et ronge sous terre ? – C'est la taupe.

Qu'est-ce que c'est qu'une petite chose en argent attachée par un fil châtain ? – C'est la lente qui est comme attachée aux cheveux.

Qu'est-ce que c'est qu'un miroir dans une maison faite

1. Bouillie de maïs.

de branches de sapin ? – C'est l'œil dont les sourcils sont comme des branches de pin.

Qu'est-ce que c'est qu'un monticule comme un coteau et qui coule en dedans ? – C'est le nez.

Qu'est-ce que c'est qu'une chose qui moud avec des morceaux d'obsidienne ayant un morceau de cuir blanc couché, le tout entouré de chair ? – C'est la bouche qui a les dents pour mâcher et la langue couchée au milieu ; la chair qui l'enferme, ce sont les lèvres.

Qu'est-ce que c'est qu'une vieille qui a des cheveux de foin blanc et qui est près de la porte de la maison ? – C'est la meule de maïs.

Qu'est-ce que c'est qu'une chose qui dit : saute, et je sauterai ? – C'est la main du *teponaztli*, qui sert à le battre.

Qu'est-ce que c'est qu'une pierre blanche d'où sortent des plumes vertes ? – C'est l'oignon.

Qu'est-ce que c'est qu'une chose qui a des cheveux blancs jusqu'à la pointe et qui forme des plumes vertes ? – C'est encore l'oignon.

Qu'est-ce que c'est qu'une chose dans laquelle nous entrons par trois portes et d'où nous sortons par une seule ? – C'est la chemise.

Qu'est-ce que c'est qu'une chose qui crie quand on lui gratte les côtes ? – C'est l'os dont on fait usage dans les *areytos* en manière de tambour de basque.

Qu'est-ce que c'est qu'une chose qui va au bois en tirant la langue ? – C'est la hache...

Qu'est-ce que c'est que cette chose qui marche devant en plumes rouges, et les corbeaux suivent ? – C'est l'incendie des savanes.

Qu'est-ce que c'est qu'une chose qui a des sandales de pierre et s'élève à la porte du logis ? – Ce sont les piliers latéraux de la porte.

Qu'est-ce que c'est qu'une pierre rougeâtre qui saute ? – C'est la puce.

La troisième chose dont le roi se préoccupait c'était les *areytos* et les danses dont il était fait usage pour l'amusement du peuple. Il disait d'abord quel serait le chant qui serait chanté et il ordonnait aux chanteurs de le mettre au ton qu'il avait lui-même choisi et de s'en occuper avec le plus grand soin. Il faisait confectionner les pelotes d'*ulli* qui servent à battre le *teponaztli* et il recommandait que cet instrument et le tambour fussent des meilleurs. Il désignait les mouvements qui seraient adoptés dans la danse ainsi que les costumes et les devises que les danseurs devraient porter. Il nommait ceux qui auraient à battre le tambour et le *teponaztli,* ceux aussi qui seraient les conducteurs de la danse, et il fixait le jour du divertissement à propos de la fête de quelque dieu...

On commençait à danser et à chanter lorsque le soleil disparaissait de la cour des temples. Il y avait dans ces cours un grand nombre de brasiers de la hauteur d'un homme et d'une grosseur telle que deux hommes à peine pouvaient les embrasser. La plupart étaient placés en rang. La nuit étant venue, on y faisait du feu et on chantait et dansait à la lueur des flammes. Pour commencer l'*areyo,* les chanteurs sortaient de leurs asiles, chantant, dansant, et dans un ordre tel qu'ils allaient par groupes de deux hommes avec une femme au milieu. Ces *areytos* étaient composés de gens du meilleur choix : capitaines et autres hommes de valeur très exercés dans les choses de la guerre. Ils tenaient par la main la femme qui se trouvait entre eux. Les autres gens de la noblesse qui n'appartenaient pas aux choses de la guerre ne faisaient pas partie de cet amusement. Les femmes étaient vêtues de riches péplums et de jupons ornés de broderies diverses d'un prix élevé. Les uns avaient des jupons qu'on appelait *yollo*[1] ; d'autres en portaient qui avaient les noms de *totolitipetlaio, cacamoliuhqui, ilacatziuhqui,*

1. « Belle, gracieuse ». Les termes qui suivent désignent chacun un type de vêtement, suivant sa forme et sa couleur.

tixt-zcalotl ou *petztic*. Les garnitures inférieures en étaient très bien travaillées. De leur côté, les péplums dont elles étaient habillées portaient les différents noms de *quappachpipilcac, pocuipilli, yapalpipilcac, cacallo* et *mimichcho* ; quelques-uns étaient blancs sans aucun dessin. L'ouverture supérieure de ces péplums était accompagnée de bordures très larges qui couvraient toute la poitrine, et les franges inférieures étaient également de grandes dimensions. Ces femmes dansaient avec les cheveux épars retenus sur la tête par des bandeaux en tresses qui allaient du front à la nuque. Leurs figures, exemptes d'ornements, étaient absolument lisses et propres. Les hommes étaient également très bien vêtus ; ils portaient une *manta* de coton à mailles si rares qu'on aurait presque dit un filet. Pour les hommes signalés par leur grande valeur et qui avaient le droit de porter un bouton à la lèvre inférieure, ces *mantas* étaient bordées de petits escargots blancs. Ceux qui n'étaient pas d'une distinction si élevée portaient des *mantas* noires avec franges. Tous avaient des oreillons de métal mélangé, mais les plus distingués avaient des oreillons en cuivre accompagnés de pendants en or. L'ornement de leur lèvre inférieure était à l'avenant de celui des oreilles ; chez les uns, cela représentait des lézards ; chez d'autres, c'étaient des petits chiens ou bien deux petits carrés en métal. Les plus jeunes, qui s'étaient déjà distingués dans la guerre, portaient à la lèvre inférieure un grand cercle qui en contenait quatre autres plus petits, placés en croix. Tous les très jeunes sujets avaient un cercle simple sans ornement. Ces cercles étaient faits de coquilles d'huîtres. Tous les braves portaient des colliers de cuir d'où pendaient des glands portant un grand nombre de petits escargots blancs. D'autres avaient au cou, et pendant sur la poitrine, des coquillages de mer qu'on appelait *quaquachictin* ou bien *otomin*. Ils portaient en même temps des mentonnières ou pendants de lèvres, de la forme d'un aigle et faits d'écailles d'huîtres, tandis que d'autres, qui se tenaient pour plus braves encore, achetaient de petites boulettes blanches provenant de mollusques appelés *teochipoli*.

Les gens du vulgaire se paraient de sortes de chapelets de couleur jaune, faits d'autres produits de la mer et de peu de prix. Dans cette classe de gens, ceux qui avaient fait des captifs à la guerre portaient sur la tête un ornement en plumes dans le but d'indiquer qu'ils avaient capturé quelqu'un en combattant. Les capitaines se distinguaient par des attributs en plumes attachés sur le dos, pour donner à connaître qu'ils étaient des braves. Cet ornement s'appelait *quauhtzontli,* parce qu'il était comparable à ces arbres d'où pendent des branches ornées de plumes et de filaments, et se terminant par des fleurs qui naissent de petites coupes tigrées. D'autres portaient des plumages faits de différentes façons et s'appelant, selon les cas, *xiloxochiquetzalli, aztaxelli* ou *quatototl.* Quelques-uns avaient des ornements en plumes faits de leurs propres mains et de couleurs variées. Il y en avait qui portaient au pied gauche des cornes de pieds de cerfs attachées avec des lanières de la peau du même animal. Ils avaient tous la figure diversement peinte. Les uns se faisaient, avec de l'encre noire recouverte de marcassite, des ronds sur le milieu des joues et des raies sur le front, allant d'une tempe à l'autre. D'autres prolongeaient cette même raie jusqu'aux deux oreilles avec la même substance. D'autres encore se rayaient de même, du bas de l'oreille à la bouche. Tous avaient l'habitude de se raser les cheveux ou de les couper court vers les tempes ; ils les portaient un peu plus longs sur le front et ramenaient en arrière ceux du haut de la tête. Ils laissaient se former par-dessus la nuque des chevelures longues tombant sur le dos. Ils teignaient leurs tempes d'une couleur jaune.

De jeunes soldats déjà faits à la guerre portaient des faisceaux de sapin enflammés devant ces personnages quand ils dansaient. Ces faisceaux étaient très lourds et faisaient plier les porteurs sous leur poids. Il en tombait des gouttelettes de feu ; quelquefois ils s'échappaient des mains et s'étalaient sur le sol en brûlant. Au surplus, sur les deux côtés du parcours, on éclairait avec des torches de résine qu'on nommait *tlemaitl.* Elles étaient portées par d'autres adolescents qui avaient fait le vœu d'une pénitence volontaire de quinze jours dans le temple. Ils étaient mexicains d'un côté et tlatelulcains de l'autre. Ils ne dansaient pas et ils se contentaient d'éclairer. Ils avaient aussi mission d'observer si quelqu'un faisait des choses immodestes, soit en regardant les femmes, soit en portant les mains sur elles. S'il y avait un délinquant en ces matières, on le châtiait durement, un ou deux jours après, en le frappant avec des tisons enflammés au point de le laisser pour mort...

JEUX

Lorsque les rois sortaient de leur palais pour aller se récréer, ils portaient à la main une petite canne qu'ils faisaient mouvoir en accord avec ce qu'ils disaient aux personnages qui les accompagnaient. Ceux-ci se tenaient aux deux côtés de la personne royale. Quelques-uns marchaient devant pour écarter le monde et empêcher qu'on ne passât devant le roi ou trop près de lui. Aucun de ceux qui circulaient n'osait lui regarder la figure ; ils baissaient la tête et prenaient une autre direction. Quelquefois, par façon de passe-temps, le roi s'amusait à chanter et à apprendre les chants dont on fait usage dans les *areytos*. D'autres fois, pour le recréer, des truands lui disaient des facéties et des gracieusetés. Parfois aussi, il jouait à la paume, et c'est pour cela qu'on avait en réserve pour lui des balles d'*ulli.* Celles-ci étaient de la grandeur des boules dont on fait usage au jeu de quilles. Elles étaient faites d'une certaine résine ou gomme massive, appelée *ulli,* qui est très légère et saute comme une pelote gonflée d'air. Elles étaient sous la garde d'un page. Le roi se faisait suivre de bons joueurs de paume pour les faire jouer en sa présence. Il choisissait aussi quelques personnages pour jouer contre lui. On gagnait des *chalchiuitl,* des colliers d'or, des turquoises, des esclaves, des *mantas*, des ceinturons riches, des plantations de maïs, des maisons, des armures en or, des grands anneaux d'or, des bracelets en plumes riches, des robes en plumes et des charges de cacao. L'établissement de jeu de paume s'appelait *tlaxtli* ou *tlachtli*. Il consistait en deux murailles placées à vingt ou trente pieds de distance l'une de l'autre, d'une longueur de quarante ou cinquante pieds et d'un *estado* et demi de hauteur. Le sol et les murailles étaient brunis à la chaux. Une raie partageait l'espace par le milieu et, à la partie moyenne des deux murailles, se trouvaient placées de grandes pierres rondes comme deux meules, trouées au centre et se faisant vis-à-vis. Le trou était d'une dimension telle que la paume y pouvait passer. Celui qui réussissait à l'y introduire gagnait la partie. Ils ne recevaient pas la balle avec les mains, mais avec les fesses. Ils avaient des gants et ils plaçaient sur leurs fesses une bande de cuir pour repousser la balle.

Les rois aussi, par passe-temps, s'amusaient à un jeu appelé *patolli* qui est comme une sorte de marelle et ressemble un peu au jeu de dés. On y fait usage de quatre haricots de grande dimension percés d'un trou ; on les jette avec la main sur un tapis, où se trouve tracée une figure, comme on le fait au jeu des osselets. On jouait ainsi des choses de prix, comme colliers en or, pierres précieuses et turquoises très fines. Ce jeu, ainsi que celui de paume, a été abandonné à cause de certaines superstitions idolâtriques qu'on lui supposait. Ils avaient aussi l'habitude de jouer au tir à l'arc et on y gagnait des choses de valeur. Ils s'amusaient également au tir à la sarbacane, et ils portaient dans des filets leur provision de projectiles. On en fait encore usage aujourd'hui pour tuer des oiseaux. On en prend aussi au filet.

Ils se récréaient également en formant des parterres où ils réunissaient toute espèce d'arbrisseaux à fleurs. Ils avaient des truands pour s'amuser de leurs facéties. Ils faisaient jouer devant eux le jeu des bâtons pour s'en divertir. Des pages les accompagnaient toujours pour les servir et ils avaient l'habitude d'avoir à leur suite des nains, des bossus et d'autres gens contrefaits. Ils élevaient des bêtes fauves, des aigles, des tigres, des ours, des chats sauvages et des animaux d'autres espèces.

LA FAUNE

Le tigre court et s'agite sur les sierras, à travers les rochers et les précipices et même dans les eaux des rivières. On le dit le roi des autres animaux. Il est avisé, prudent et, comme les chats, il a soin de sa personne. Il évite de se donner de la peine ; il répugne à boire trouble et puant et il se tient en grande estime. Il est bas de taille et gros de corps ; sa queue est longue, ses pattes larges, son cou épais. Il a la tête grosse, les oreilles petites, le museau fourni, charnu, plat, rembruni, et le nez grassouillet. Sa face est élargie et ses yeux reluisent comme braise. Ses canines sont longues et épaisses ; ses incisives séparées, petites et pointues ; ses molaires grosses en haut ; sa bouche grande ; ses griffes longues et effilées. Il a des griffes aux quatre pattes. Son poitrail est blanchâtre ; son poil d'abord lisse prend des taches avec la croissance, tandis que croissent aussi ses griffes et ses dents. Il gronde et mord ; ses crocs déchirent. Il grogne et rugit d'un son cuivré. Le tigre blanc passe pour être le chef de tous les autres ; sa blancheur est très grande. Il y en a qui sont blanchâtres avec des taches brunes, et il en existe une espèce de couleur rougeâtre, tachetée de noir.

C'est le propre du tigre de se nourrir de quadrupèdes, comme cerfs, lapins et autres semblables. Il est délicat et peu ami de la fatigue. Il se soigne beaucoup et se baigne. Il voit pendant la nuit les bêtes qui sont l'objet de ses chasses. Sa vue porte très loin. Quoique l'obscurité règne et qu'il y ait de la brume, il aperçoit les plus petits objets. Il ne fuit point à l'aspect du chasseur armé de l'arc et de la flèche. Il s'assoit en le regardant, sans prendre le soin de s'abriter avec n'importe quoi, et il se met à grogner. Il prend cette attitude pour inspirer la crainte au chasseur et lui faire perdre contenance avec son grognement saccadé. Mais celui-ci tire sur lui sans tarder. Le tigre prend avec sa griffe la première flèche qui est en roseau et la brise sous sa dent. Il commence à rugir et il reçoit de même une seconde flèche. Les chasseurs étaient convaincus qu'ils ne devaient pas lui lancer plus de quatre traits. Tel était le préjugé dont ils s'étaient fait une habitude. Si les quatre flèches ne réussissaient pas à le tuer, le chasseur se tenait pour vaincu. Le tigre alors s'étend de son long, se secoue et se lèche. Cela fait, il se replie et s'élance comme en volant sur le chasseur et, la distance fût-elle de dix ou quinze brasses, il ne fait jamais qu'un seul saut, hérissant son poil comme un chat devant le chien. Il tue aussitôt sa victime et la mange. En voyant que le tigre accueille la première flèche et la met en morceaux, les bons chasseurs prennent une feuille de chêne et l'appliquent sur la seconde flèche. Ils tirent. La feuille fait du bruit comme le vol de la sauterelle. Elle tombe à moitié chemin ou aux pieds du tigre qui s'en amuse. Mais la flèche suit son parcours ; elle arrive à son but et traverse le fauve qui fait un bond en l'air, retombe à la même place, se rassoit comme auparavant et meurt assis, les yeux ouverts, de telle sorte qu'on le dirait vivant encore, bien qu'il soit déjà mort...

Il y a dans ce pays un quadrupède appelé *tlacaxolotl*. Il dépasse la taille d'un grand bœuf. Sa tête est large, son museau s'allonge ; il a de grosses oreilles ; ses dents et ses molaires sont très fortes et elles ont la forme des dents de l'homme. Son cou est gros et fourni, ses pieds très développés et ses sabots comme ceux d'un bœuf, quoique un peu plus grands. Il a la croupe large et la queue grosse et longue. Sa couleur est roussâtre comme celle d'un bœuf ; sa peau est épaisse et sa chair est bonne à manger. Celle-ci a, dit-on, le goût réuni de tous les quadrupèdes, des oiseaux et même de l'homme. C'est un animal rare. Il habite les provinces d'Atzacan, de Tepotzotlan et de Tlaquilapan, du côté des Honduras, sur les montagnes désertes, au milieu des rochers. Il se nourrit d'arachides sauvages et d'une autre espèce de cette plante appelée *quapatlachtli.* Il mange aussi les tiges vertes et les épis de maïs. Quand il tombe sur un champ de cette plante, il détruit tout et il n'y laisse plus rien. Quand sa nourriture habituelle lui fait défaut, il mange des feuilles d'arbustes et même de grands arbres. Sa fiente renferme des graines de cacao noir entamées. Il en lâche près d'une charge chaque fois. Les habitants du pays suivent ses traces pour recueillir le cacao qu'il rend de cette manière. Il ne craint pas l'homme et il ne meurt point à coups de flèches. La manière de le prendre consiste à faire un grand trou dans la terre. On le recouvre avec des branches et des herbes afin que l'animal s'y laisse tomber. C'est là qu'on le tue ; on le retire ensuite avec des cordes et on mange sa chair qui a très bon goût.

Il y a un quadrupède qu'on appelle *izoniztac.* Il habite du côté de la mer du Sud dans la province de Toztlan. On l'appelle de ce nom parce qu'il a la tête très blanche. Il est de la taille d'un tigre, court de jambes et gros de corps. Il se nourrit de la chair de bêtes sauvages. Lorsqu'il veut chasser, il commence à miauler d'abord comme un chat et se lance aussitôt sur sa proie. Ses pattes ressemblent à celles du tigre, son corps est noir et sa queue longue. C'est un animal qu'on ne découvre guère. Si celui qui le rencontre par hasard lui voit la tête jaune, c'est une preuve qu'il ne tardera pas à mourir ; mais, s'il lui voit la tête blanche, cela signifie qu'il vivra longtemps pauvre, lors même qu'il s'évertuera à beaucoup travailler. Tel était l'augure qu'on retirait de cet animal. On le tue à coups de flèches...

Il y a dans ce pays un animal qui vit dans l'eau et tout à fait inconnu jusqu'à présent. On l'appelle *ahuitzotl.* Il est de la taille d'un jeune petit chien. Son poil est court et glissant, ses oreilles petites et pointues, le corps noir et lisse, sa queue longue et portant à son extrémité comme une main humaine. Il a des pieds et des mains semblables à ceux du singe. Cet animal vit dans des étangs profonds et si quelque personne arrive au bord de l'eau dans les profondeurs de laquelle il habite, il s'en saisit aussitôt avec la main de sa queue et l'emporte au fond de sa demeure. Il trouble l'eau et y soulève des vagues qui viennent se briser sur les bords en formant de l'écume comme s'il s'agissait d'une tempête. Un grand nombre de poissons et de grenouilles s'empressent de venir à la surface en s'y ébattant en désordre. Celui que l'animal a submergé meurt au fond de l'eau et, peu de jours après, les vagues repoussent de leur sein son cadavre privé d'yeux, de dents et d'ongles, tout cela lui ayant été enlevé par l'*ahuitzotl.* Ce corps mort n'a aucune blessure, mais sa peau porte de toutes parts des traces de suçons. Personne, du reste, n'osait enlever ce cadavre. On avertissait les satrapes des idoles de sa présence. Seuls ils pouvaient s'en emparer, car on disait qu'aucun autre n'était digne de le toucher. Les deux Tlaloque, prétendait-on, avaient envoyé l'âme du noyé au paradis terrestre, et c'est pour cela qu'on l'emportait sur une litière avec la plus grande vénération pour l'enterrer dans un des oratoires qu'on appelle *ayauhcalco.* On ornait cette litière de plantes aquatiques et des musiciens précédaient le convoi en jouant de la flûte. Si par hasard quelque laïc se hasardait à retirer le corps de l'eau, il s'y noyait à son tour, ou ses articulations étaient atteintes de goutte. On disait que celui qui mourait ainsi succombait, ou parce qu'il était très bon et que les dieux Tlaloque désiraient l'avoir en leur compagnie au paradis terrestre, ou bien parce qu'il possédait peut-être quelque pierre précieuse, chose qui courrouçait les dieux Tlaloque, attendu qu'ils ne voulaient point que les hommes eussent en leur pouvoir ce genre de richesse. C'était pour cela qu'ils lui donnaient la mort et qu'ils l'emportaient au paradis terrestre. Les parents de ces victimes se consolaient par la pensée que les défunts se trouvaient en compagnie des dieux de ce paradis et que par leur intercession ils seraient riches et prospères dans ce monde. Lesdits parents avaient encore le préjugé de croire que quelqu'un d'entre eux mourrait de la même mort ou frappé de la foudre, à la demande des défunts qui voulaient l'avoir auprès d'eux dans le paradis où ils étaient. Aussi évitait-on d'aller se baigner.

On disait aussi que ce petit animal avait recours à une autre ruse pour s'emparer de quelque homme lorsqu'il s'était écoulé un long espace de temps sans qu'il en eût pris aucun. Il faisait réunir un grand nombre de poissons et de grenouilles sur un point où il se tenait lui-même. Les pêcheurs les voyant sautiller à la surface de l'eau et désirant s'en emparer y jetaient leurs filets. L'*ahuitzotl* se saisissait alors de l'un d'eux, le noyait et l'emportait dans sa caverne. On disait qu'il avait recours à un autre stratagème. Lorsqu'il y avait longtemps qu'il n'avait pris personne, il se portait au bord de son étang et il se mettait à pleurer comme un enfant. La personne qui prenait cela pour une réalité s'approchait de l'eau et l'*ahuitzotl* la saisissait avec la main de sa queue, l'emportait sous l'eau et lui donnait la mort dans sa caverne. On prétendait aussi que si quelqu'un voyait cet animal sans en éprouver aucune crainte et si d'ailleurs il n'en était point attaqué, c'était la preuve qu'il mourrait bientôt. On raconte qu'une vieille qui allait chercher de l'eau s'empara d'un de ces petits animaux, le mit dans sa cruche qu'elle boucha avec son *uipilli* et l'emporta pour le faire voir aux dignitaires de la ville. Ceux-ci l'ayant aperçu dirent à la vieille qui s'en était emparé qu'elle avait commis un péché en le prenant, attendu que c'est un sujet et un ami des dieux Tlaloque. Ils lui ordonnèrent de le reporter à l'endroit où elle l'avait pris.

PIERRES PRÉCIEUSES

Les pierres précieuses ne se trouvent pas dans la nature comme on les voit quand elles sont au pouvoir de ceux qui les possèdent ou les ont pour les vendre, belles, polies et éclatantes. Elles se forment dans les pierres grossières qui n'ont aucune apparence de beauté et gisent perdues dans les champs et dans les villages, où on les remue dans tous les sens. Ce sont ces blocs qui renferment dans leur intérieur les pierres précieuses, non pas grandes, mais petites, qui sont placées tantôt au centre et tantôt près de la surface. Il y a des personnes qui savent où ces pierres se produisent, parce que n'importe laquelle d'entre elles répand sur l'endroit où elle se trouve une vapeur ou exhalaison semblable à une fumée légère. Cela apparaît avant que le soleil se voie ou au moment de son lever. Ceux qui les cherchent et les savent reconnaître se placent en ce moment en un lieu approprié. Ils regardent du côté où le soleil se lève et, s'ils voient sortir une fumée déliée, ils en augurent qu'il y a là des pierres précieuses, qu'elles s'y sont formées ou qu'elles y ont été cachées. Ils courent à l'instant vers cet endroit et s'ils y trouvent quelque pierre d'où cette vapeur est sortie, ils s'imaginent qu'elle renferme une pierre précieuse et ils la brisent pour l'y trouver. Si, au contraire, ils ne voient rien dans l'endroit d'où la fumée s'est exhalée, ils creusent le sol et y trouvent quelque boîte en pierre dans laquelle des pierres précieuses se trouvent cachées, ou quelquefois elles sont égarées ou gardées dans la terre elle-même.

Il y a un autre signe qui fait reconnaître où se trouvent des pierres riches, en particulier celle qu'on nomme *chalchiuitl.* L'endroit est toujours recouvert d'une herbe verdoyante, parce que ces pierres exhalent une fraîcheur et une humidité très grandes. On creuse la terre au point où cela existe et l'on y trouve ces *chalchiuitl.*

Les turquoises se trouvent dans des mines. Il y a de ces mines d'où l'on en retire de plus ou moins belles. Les unes sont claires, fines et transparentes, tandis que d'autres ne le sont pas. Il y a aussi des mines où l'on trouve de l'ambre fin, du cristal, des pierres à faire des couteaux et du jaspe. Il en est aussi d'où l'on retire les pierres dont on fait les miroirs, qui sont noires comme du jais et quelquefois rouges comme du sang. Ces objets précieux existent dans la montagne et on les y cherche au moyen de mines. Il y a une grande quantité de ces pierres de jaspe très précieuses dans les dépendances du village de Santiago de Tecalco. On en fait des autels et autres objets très estimés...

HERNÁN CORTÉS

MEDILLEN, EXTREMADURA 1485-
CASTILLEJA DE LA CUESTA, 1547

Le 15 octobre 1522, Hernán Cortés est nommé gouverneur et capitaine général de la Nouvelle-Espagne. Il a trente-sept ans. Il est au zénith de sa gloire. Le récit de la conquête de l'empire mexicain qu'il nous a laissé dans ses lettres à Charles Quint nous montre que cet homme vaillant et audacieux avait aussi une culture et des dons d'écrivain. Le chroniqueur López de Gomara nous en trace un portrait saisissant : « Hernán Cortés était de haute taille, bien fait, il avait la poitrine large, la peau couleur de cendre, la barbe claire, les cheveux longs, une grande force physique, un grand courage et une extrême adresse dans le maniement des armes.

« Jeune, il aimait la plaisanterie, adulte, il était devenu sérieux... Il aimait beaucoup les femmes et s'adonnait volontiers au jeu, en particulier aux dés qu'il maniait avec habileté et joie. C'était un gros mangeur, mais il buvait peu. Il était entêté, ce qui lui valait de nombreux procès. Il dépensait largement pour la guerre, les femmes, les amis ou les caprices au risque de se ruiner, ce qui lui avait valu le surnom de “fleuve en crue”. Il s'habillait avec goût sans souci de luxe. C'était un homme très propre. Il était heureux de posséder une grande maison, une famille, de l'argenterie, et de se faire respecter.

« Il se montrait grand seigneur, bien qu'il fût un parvenu, il n'était pas ridicule, n'ayant rien d'un nouveau riche. Jaloux dans sa maison, il se permettait des libertés dans celle d'autrui, habitué qu'il était à fréquenter les femmes libres. Il était bigot et pouvait réciter de nombreux psaumes et prières. Il faisait l'aumône avec générosité... Tel fut, comme vous l'avez entendu, Cortés, le conquérant de la Nouvelle-Espagne. »

LETTRES À CHARLES V*

[...] Un jour qu'on ne soupçonnait pas ma présence, j'entendis même dire à certains de mes compagnons que, si j'étais assez fou pour m'engager dans une entreprise impossible, pour leur compte, ils ne l'étaient pas ; qu'ils voulaient regagner la côte ; que si je voulais les accompagner, bien ; que sinon ils partiraient sans moi. Plusieurs fois, ils vinrent me sommer de partir. Je m'efforçais de ranimer leur courage, leur rappelant qu'ils étaient les sujets de Votre Altesse, que jamais Espagnols n'auraient failli à ce point, et que nous étions en voie de gagner à Votre Majesté les plus grands royaumes et seigneuries qu'il y eût dans le monde ; que non contents de faire ce que comme chrétiens nous étions obligés de faire, c'est-à-dire de combattre les ennemis de notre foi, nous avions à gagner le bonheur éternel dans l'autre monde, sans compter que dans celui-ci nous atteindrions la gloire la plus grande à laquelle aucun peuple n'atteignit jamais. Je leur dis qu'ils se convainquissent bien que Dieu était avec nous, que rien ne lui était impossible, qu'ils en avaient la preuve dans les victoires que nous avions remportées, où nous avions tué tant d'ennemis sans perdre aucun des nôtres ; je leur dis encore d'autres choses que je pensais devoir les toucher, ce qui, appuyé de l'invocation de Votre Royale Majesté, releva leur courage et les

* Traduction de Désiré Charnay, Paris, 1895.

ramena soumis à mes desseins, qui étaient de poursuivre notre grande entreprise. [...]

Cette ville est si grande et si belle que je n'en dirai pas la moitié de ce que j'en pourrais dire, et le peu que j'en dirai est presque incroyable, car elle est plus grande que Grenade ; elle est mieux fortifiée ; ses maisons, ses édifices et les gens qui les habitent sont plus nombreux que ceux de Grenade au temps où nous en fîmes la conquête, et mieux approvisionnés de toutes les choses de la terre, pain, oiseaux, gibier, poissons de rivière, légumes et autres vivres dont ils font usage et mangent excellents. Il y a dans cette ville un grand marché tous les jours, où se pressent plus de trente mille acheteurs et vendeurs, sans compter une foule d'autres petits marchés disséminés dans la place. Il y a dans ce grand marché toutes espèces de marchandises en vivres, étoffes et vêtements que les gens peuvent désirer ; on y voit des joyaux d'or, d'argent, de pierres précieuses et des ouvrages de plumes d'un fini merveilleux, qu'on ne saurait égaler dans les marchés les plus célèbres du monde : on y rencontre des poteries de toutes les formes et peut-être meilleures qu'en Espagne ; ils vendent du bois et du charbon, des herbes comestibles et médicinales ; il y a des maisons de barbiers où l'on vous coupe les cheveux et lave la tête ; il y a des bains. Enfin un ordre parfait règne dans cette ville dont les gens paraissent sages et policés comme aucune ville d'Afrique n'en pourrait offrir un tel exemple.

Cette province[1] renferme de nombreuses et belles vallées si bien cultivées que pas une parcelle de terre n'en est perdue. La province a quatre-vingt-dix lieues de tour et les habitants se gouvernent eux-mêmes comme cela se pratique à Venise, Gênes ou Pise, où il n'y a pas de souverain. Il y a beaucoup de seigneurs et tous habitent la ville ; à la campagne résident les cultivateurs qui sont leurs vassaux, car chacun de ces grands seigneurs est propriétaire. Ils sont plus ou

1. Tlaxcala.

moins riches, mais en cas de guerre ils se réunissent tous et la décident entre eux.

Ils ont leurs cours de justice pour châtier les méchants. Un naturel de cette province vola un peu d'or à l'un de mes Espagnols ; je m'en plaignis à Magiscatzin, le chef de la république, qui fit une enquête ; on suivit les traces du voleur jusqu'à une ville voisine qui s'appelle Cholula ; il y fut pris. On le ramena, et les seigneurs remirent le voleur entre mes mains ainsi que l'or volé, en me disant que je le fisse châtier. Je les remerciai de leur diligence ; mais je répondis qu'étant leur hôte je ne saurais empiéter sur leurs droits en châtiant un de leurs sujets et qu'ils voulussent bien le punir suivant leur coutume. Ils me remercièrent, le prirent, et, après avoir fait publier son crime, ils le transportèrent au marché, où ils le déposèrent au pied d'une espèce de théâtre qui se trouvait au milieu de la place ; l'accusateur public y monta et à haute voix répéta la nature du délit ; après quoi, chaque assistant le frappa de son bâton sur la tête jusqu'à ce qu'il en mourût. Nous en avons vu beaucoup d'autres en prison, où ils étaient détenus pour diverses fautes.

Il y a dans cette province, d'après l'étude que j'en fis faire, cinq cent mille habitants en y joignant la petite province voisine qui se gouverne comme celle-ci et n'a pas de souverain ; c'est la petite république de Guaiozingo dont les habitants se sont à l'exemple des Tlascaltecs, déclarés vassaux de Votre Altesse. [...]

Ils demeurèrent près de moi presque tout le temps que dura la guerre ; ils en virent la fin et comprirent ce que pouvaient les Espagnols. Ils furent témoins de la soumission de la province, des offres de service des caciques à Votre Majesté Sacrée, ce qui me parut déplaire grandement aux envoyés de Muteczuma, car ils firent tout leur possible pour me brouiller avec mes nouveaux alliés, m'affirmant qu'ils me trompaient, que l'amitié jurée était fausse, que tout cela n'était que pour endormir ma vigilance et préparer quelque trahison. De leur côté, ceux de la province me disaient à leur tour qu'il fallait me défier de ces vassaux de Muteczuma ; que tous étaient des traîtres ; que c'était par mensonges et trahisons qu'ils avaient subjugué toute la terre et qu'ils m'en avisaient en amis et comme les connaissant de longue date. Voyant la contradiction des uns et des autres, j'en éprouvai un grand plaisir, car ils me paraissaient tellement tenir à mon alliance qu'il me serait plus facile de les subjuguer ; et je me rappelai cette parole évangélique qui nous dit que tout royaume divisé sera détruit : « Omne regnum in scipsum divisum desolabitur. » Je négociais donc avec les uns et avec les autres et je remerciais chacun en secret de l'avis qu'il me donnait, en les assurant tous les deux de mon amitié.

L'empereur Muteczuma vint me recevoir, suivi d'environ deux cents seigneurs, tous pieds nus et vêtus d'une espèce de livrée très riche à leur usage, et plus riche que celle des autres ; ils venaient en file indienne, rasant les murs de la rue qui est fort large, très belle, et toute droite, si bien qu'on la voit d'un bout à l'autre, avec ses grandes maisons et ses temples. Muteczuma marchait au milieu de la rue, accompagné de deux seigneurs, l'un à sa gauche, l'autre à sa droite ; l'un d'eux était le personnage qui était venu au-devant de moi dans la montagne et l'autre était le frère de Muteczuma, seigneur de cette ville d'Iztapalapa d'où j'étais parti la veille : tous trois étaient vêtus de la même manière, sauf que l'empereur portait des brodequins tandis que les deux autres avaient les pieds nus ; chacun le soutenait par le bras. Lorsque nous fûmes près l'un de l'autre, je descendis de cheval, et j'allais l'embrasser lorsque les deux seigneurs intervinrent pour m'empêcher de le toucher. Tous trois baisèrent la terre selon la coutume et, cette politesse accomplie, Muteczuma donna l'ordre à son frère de m'accompagner en me tenant le bras, tandis qu'il prenait l'avance accompagné de l'autre seigneur. Lorsqu'il m'eut adressé quelques paroles, tous les seigneurs qui formaient la procession vinrent à tour de rôle m'entretenir pour reprendre ensuite leur rang de marche. Au moment où j'abordais le prince, je quittai mon collier de perles et de diamants de verre que je lui passai autour du cou, et peu après vint un de ses serviteurs avec deux colliers de *camarones* enveloppés dans une étoffe ; ces *camarones* sont faits avec la conque de coquillages marins de couleur rouge et qu'ils tiennent en haute valeur. De chaque collier pendaient huit perles d'or d'une grande perfection et grosses comme une noix et, lorsque cet homme les apporta, le prince se tourna vers moi et me les passa au cou ; puis il continua sa marche dans le même ordre qu'avant, et nous suivîmes jusqu'à notre arrivée dans un beau et grand palais qu'on avait tenu prêt à nous recevoir. Là, il me prit par la main et me mena dans une grande salle qui donnait sur la cour par laquelle nous étions entrés. Là, il me fit asseoir sur une très belle estrade qui avait été faite pour lui, me dit de l'attendre et partit. Peu après, lorsque mes gens furent installés, il revint avec des joyaux de toutes sortes en or, en argent, en plumes éclatantes et nous apportait cinq à six mille pièces d'étoffes de coton très riches, tissées et brodées de différentes manières. Après m'avoir fait ce présent, il s'assit sur un siège qu'on venait de lui dresser près du mien et m'adressa les paroles suivantes :

« Il y a bien longtemps que, par tradition, nous avons appris de nos ancêtres, que ni moi ni aucun de ceux qui habitent cette contrée n'en sommes les naturels ; nous sommes étrangers et nous sommes venus de pays lointains. Nous savons aussi que ce fut un grand chef[1] qui nous amena dans ce pays, où nous étions tous ses vassaux ; il retourna dans sa patrie d'où il ne revint que longtemps après, et si longtemps qu'il retrouva ceux qu'il avait laissés derrière lui mariés avec les femmes de la contrée et vivant en famille dans les nombreux villages qu'ils avaient fondés. Il voulut les emmener avec lui, mais ils s'y refusèrent et ne voulurent même pas le reconnaître pour leur seigneur.

« Alors il repartit. Nous avons toujours cru depuis,

1. La légende de Quetzalcoatl.

que ses descendants reviendraient un jour pour conquérir notre pays et faire de nous ses sujets ; et d'après la partie du monde d'où vous me dites venir, qui est celle d'où le soleil se lève, et les choses que vous me contez du grand roi qui vous a envoyé, nous sommes persuadés que c'est lui notre véritable seigneur ; d'autant plus que, depuis longtemps, il est, dites-vous, au courant de nos affaires. Soyez donc certain que nous vous obéirons et que nous vous reconnaîtrons pour maître au lieu et place du grand roi dont vous parlez et qu'il ne doit pas y avoir le moindre doute à cet égard : » Il ajouta : « Vous pouvez commander à toute cette contrée, au moins dans les parties qui dépendent de mon royaume ; vous serez obéi et vous pourrez disposer de mes biens, comme des vôtres. Vous êtes ici chez vous, dans votre palais ; reposez-vous donc des fatigues du chemin et des combats que vous avez livrés. Je sais tout ce qui vous est arrivé, de Potunchan ici ; je sais que les gens de Cempoal et de Tlaxcala vous ont dit beaucoup de mal de moi ; ne croyez rien de plus que ce que vous verrez vous-même et surtout de gens qui sont mes ennemis, dont plusieurs étaient mes vassaux, qui ont profité de votre arrivée pour se révolter et me calomnient pour se faire bien voir de vous. On vous a dit aussi que mes palais avaient des murailles d'or, que les nattes étendues dans mes salons et autres articles de mon service étaient également en or, que je me faisais adorer comme un dieu, et autres absurdités. Les palais, vous les voyez ; ils sont de terre, de pierre et de chaume. » Puis, soulevant ses vêtements, il me montra son corps en disant : « Vous voyez que je suis de chair et d'os comme vous », et de ses mains, se palpant les bras et le corps : « Vous voyez que je suis mortel et palpable, et vous voyez combien ces hommes ont menti. Il est vrai que je possède quelques objets en or qui me viennent de mes ancêtres ; ils sont à vous, si vous les désirez. Je m'en retourne dans d'autres palais où je demeure. Ici vous serez pourvu de toutes les choses nécessaires à vous et à vos hommes. N'ayez aucune inquiétude ; ce pays est le vôtre comme ce palais est à vous. »

Je m'efforçai, dans ma réponse, de dire à Muteczuma les choses qui convenaient le mieux, surtout en ce qui touchait Votre Majesté, qui était bien le personnage qu'ils attendaient depuis si longtemps. Il prit congé, et peu après on nous envoya des poules, du pain, des fruits et autres choses nécessaires pour le service de nos appartements. Je passai six jours de cette manière, vivant dans l'abondance et visité par une foule de seigneurs de la ville.

Seigneur Très Catholique, je vous disais, au début de cette lettre, comment lorsque je partis de la ville de la Veracruz à la recherche de Muteczuma, j'y avais laissé cent cinquante de mes hommes pour achever la forteresse que j'avais commencée ; je vous disais aussi comment j'avais laissé plusieurs villages et forteresses des environs de la ville soumis à Votre Altesse, les naturels en paix et la plupart vassaux de Votre Majesté. Or, me trouvant en la ville de Cholula, je reçus des lettres du capitaine que j'avais nommé commandant de la ville, lettres par lesquelles il me faisait savoir que Qualpopoca, cacique de la ville de Nautla, lui avait envoyé dire par ses messagers qu'il désirait fort devenir sujet de Votre Altesse, et que, s'il avait tardé à venir jurer l'obéissance qu'il devait comme vassal de Votre Majesté, c'était parce qu'il lui fallait passer par les terres de ses ennemis dont il craignait les attaques ; mais que, si mon capitaine lui envoyait quatre Espagnols pour l'accompagner, les gens de provinces ennemies qu'il aurait à traverser, le sachant en telle compagnie, n'oseraient l'attaquer et qu'il viendrait tout de suite. Mon capitaine croyant ce que lui disait Qualpopoca, le même fait s'étant répété plusieurs fois, lui envoya les quatre Espagnols. Le cacique ne les eut pas plutôt entre les mains qu'il donna l'ordre de les tuer, mais de manière qu'on ne pût lui attribuer le crime. Deux de ces malheureux furent sacrifiés ; les deux autres, blessés, se sauvèrent dans les bois. À cette nouvelle, mon capitaine avait marché sur Nautla avec cinquante fantassins, deux cavaliers, deux couleuvrines et huit à dix mille Indiens de nos alliés. Il avait attaqué la ville, tué beaucoup de monde, chassé les habitants, brûlé et détruit toutes les maisons, aidés en cela par ses Indiens qui, enragés contre les gens de Nautla, s'étaient battu avec fureur. Quant à Qualpopoca, le cacique de la ville, il avait pris la fuite avec d'autres seigneurs ses alliés. Mon capitaine s'informa auprès de quelques-uns des prisonniers qui avaient combattu pour la défense de la ville quelle était la cause du meurtre des Espagnols ses envoyés. On lui répondit que Muteczuma avait donné des ordres à Qualpopoca et aux princes indiens qui l'avaient aidé, et qui tous étaient ses vassaux, que, aussitôt que je serais éloigné de la ville de la Veracruz, ils eussent à tomber sur tous ceux qui avaient secoué son joug et s'étaient déclarés pour Votre Altesse, et qu'ils prissent tous les moyens possibles pour massacrer les Espagnols que j'avais laissés derrière moi.

Prince Invincible, après avoir passé six jours dans cette grande ville de Tenochtitlán, ayant observé beaucoup de choses et fort peu cependant relativement au grand nombre qu'on peut y voir, il me parut nécessaire au service royal et à notre sûreté que le seigneur Muteczuma fût en mon pouvoir et non en liberté, de crainte qu'il ne changeât d'avis au sujet de la résolution qu'il m'avait manifestée de servir Votre Altesse ; d'autant que nous autres Espagnols, étant fiers et inquiets, nous pouvions le blesser ; en retour de quoi, il aurait pu nous faire bien du mal vu sa grande puissance. Puis je pensai que, l'ayant en mon pouvoir, toutes les contrées qui lui sont soumises accepteraient plus facilement le joug de Votre Majesté. Ce fut effectivement ce qui arriva. Je résolus donc de m'emparer de sa personne et de la transporter dans le palais fortifié que j'habitais ; et, pour qu'il n'y eût ni trouble ni scandale, je réfléchis sur toutes les précautions que je devais prendre pour la réussite de cette affaire, et je me rappelai ce que mon capitaine de la Veracruz m'avait écrit au sujet du massacre de mes hommes dans la ville de Nautla, comme je l'ai raconté plus haut, et comment on avait su que tout ce qui était arrivé n'était que le résultat des ordres donnés par Muteczuma ; je posai donc de fortes gardes à tous les croisements des rues et je me rendis au palais de Muteczuma comme j'avais l'habitude de le faire. Après avoir quelque temps parlé de choses diverses, il me fit présent de plusieurs bijoux en or, me donna l'une de ses filles, et distribua plusieurs autres filles de grands seigneurs à mes officiers. Lorsque je lui dis tout à coup que j'avais appris ce qui s'était passé dans la ville de Nautla où l'on m'avait tué deux Espagnols ; que le cacique Qualpopoca, pour se disculper, prétendait n'avoir agi que d'après ses ordres et que, comme vassal, il n'avait pu qu'obéir ; j'ajoutai que je n'en croyais pas un mot et que Qualpopoca ne cherchait qu'à se tirer d'affaire, mais qu'il fallait le convoquer lui et les autres seigneurs qui avaient été victimes afin de connaître la vérité. Il fallait que les coupables fussent châtiés et que Votre Majesté ne pût soupçonner sa bonne volonté, de crainte qu'au lieu des faveurs que Votre Majesté voulait lui faire les actes de ces malfaiteurs ne provoquassent la colère de Votre Altesse qui pourrait retomber sur sa tête ; mais que je ne croyais pas un mot des allégations de ces misérables et que j'en étais fort heureux.

L'empereur manda immédiatement quelques-uns de ses officiers, auxquels il donna une toute petite statuette de pierre, en forme de cachet, qu'il portait attachée à son bras, et leur ordonna de se rendre à la ville de Nautla, qui se trouve à soixante ou soixante et dix lieues de Tenochtitlán, d'en ramener Qualpopoca et tous autres individus compromis dans le meurtre des Espagnols ; que s'ils s'y refusaient on les ramenât prisonniers et que s'ils résistaient on convoquât les milices de certaines communes voisines que l'empereur leur signala et qu'on les ramenât morts ou vifs. Ceux-ci partirent sur l'heure. Après leur départ, je dis à Muteczuma combien je le remerciais de la diligence qu'il mettait à s'assurer des coupables, puisque j'avais à rendre compte à Votre Altesse de la vie de ces Espagnols, mais qu'il serait bon qu'il vînt au palais jusqu'à ce que cette affaire fût éclaircie ; que je le priais instamment de ne point s'offenser de cette mesure ; qu'il jouirait près de moi de toute sa liberté ; que je n'interviendrais en aucune manière dans l'administration de ses États ; qu'il choisirait une salle du palais quelle qu'elle fût et que je serais tout à ses ordres ; qu'il pouvait être certain que rien de notre côté ne pourrait le blesser, et qu'au contraire chacun de nous s'empresserait à son service. À ce sujet nous causâmes longuement de choses qui seraient trop longues à dire et dans le cas sans importance. En somme, je puis affirmer qu'il acquiesça et me dit qu'il viendrait avec plaisir.

Je mandai sur l'heure qu'on préparât son appartement qui fut aussitôt prêt et fort élégamment organisé. Un grand nombre de seigneurs vinrent alors près de Muteczuma, quittèrent leurs vêtements officiels et nu-pieds apportèrent un palanquin fort modeste sur lequel ils emmenèrent leur maître ; ils pleuraient en silence ; et ce fut dans cet appareil qu'ils arrivèrent à mon palais sans qu'il y eût de trouble dans la ville, qui cependant commençait à s'émouvoir. Dès que le prince en eut connaissance, il envoya des gens pour calmer la foule, qui s'apaisa. Depuis, chaque chose reprit son cours et la plus grande tranquillité régna tout le temps que je retins Muteczuma prisonnier, car il se plaisait auprès de moi, et rien ne manquait à son service, aussi luxueux que dans son propre palais, service merveilleux dont je parlerai plus tard. Quant à moi et mes compagnons, nous faisions tous nos efforts pour lui être agréables.

Il y avait quinze jours que Muteczuma était en prison lorsqu'arrivèrent les gens qu'il avait envoyés à la recherche de Qualpopoca et de ses complices ; ils ramenaient le cacique, l'un de ses fils et quinze personnes qui, disait-on, avaient été les plus compromises dans le massacre des Espagnols. On avait amené Qualpopoca en palanquin comme un vrai seigneur qu'il était. Aussitôt arrivés, on me les livra et je les fis garder avec soin. Après leur avoir fait avouer qu'ils avaient tué les Espagnols, je leur demandai s'ils étaient les vassaux de Muteczuma. « Et de quel autre souverain serais-je donc le vassal ? » me répondit Qualpopoca, semblant dire par là qu'il ne saurait y en avoir d'autre. Je leur demandai alors si le massacre avait eu lieu d'après ses ordres. Ils répondirent que non, quoique plus tard, au moment où l'on exécutait la sentence qui les condamnait à être brûlés, tous s'écrièrent d'une commune voix que c'était bien Muteczuma qui leur avait donné des ordres et qu'ils n'avaient fait que suivre ses instructions.

Ils furent donc brûlés publiquement sur une place sans qu'il y eût aucun trouble. Comme le jour de leur supplice ils avaient avoué que Muteczuma leur avait ordonné de tuer les Espagnols, je fis mettre à celui-ci les fers aux pieds, ce dont il éprouva une douleur mortelle. Mais, après avoir causé quelque temps avec lui, je les lui enlevai, ce qui lui fit un immense plaisir, et depuis je me suis toujours efforcé de faire tout ce qui pouvait lui être agréable. Je fis savoir aussi à tous les habitants du pays et dis à tous ceux qui venaient me voir que Votre Majesté s'était réjouie de compter Muteczuma parmi ses vassaux, reconnaissant ainsi combien Votre Altesse était au-dessus de lui ; je leur disais qu'ils seraient agréables à Votre Altesse en lui obéissant et en la tenant pour leur seigneur comme ils le faisaient avant que je vinsse dans leur pays. Je fis si bien tout ce que je pus pour plaire au prince, et il en éprouva un tel contentement, que bien des fois, lui ayant offert la liberté, le priant de retourner dans son palais, il me répondait toujours qu'il était fort bien avec moi, qu'il ne voulait pas s'en aller, parce que près de moi il ne lui manquait rien des choses qu'il désirait, comme cela eût pu lui arriver dans son palais. Il est fort possible que, s'en allant, il craignît d'être importuné par les seigneurs ses vassaux et poussé par eux à entreprendre quelque affaire qui fût contraire au service de Votre Altesse, lui qui s'était proposé de faire de son mieux pour le service de Votre Majesté. Il disait donc que j'eusse à leur communiquer ce que je désirais qu'on fît, parce qu'alors, quoi qu'ils lui pussent conseiller, il pouvait s'y refuser en disant qu'il n'était pas libre. Plusieurs fois, il m'avait demandé la permission d'aller se distraire et passer quelques jours dans ses maisons de campagne, soit dans la ville, soit au-dehors, ce que je lui accordais toujours. Plusieurs fois, accompagné de cinq ou six Espagnols, il fit des promenades à deux lieues de la ville, d'où il revenait toujours content dans le palais que nous habitions. À chacune de ces excursions, il faisait largesse de présents, tant en bijoux qu'en étoffes, non seulement aux Espagnols mais aux Indiens qui l'accompagnaient dont le nombre passait souvent trois mille, grands seigneurs la plupart et personnages considérables de la ville ; et toujours il leur offrait des banquets et des réjouissances que les participants se plaisaient à conter au retour.

Lorsque je fus persuadé que Muteczuma avait le plus grand désir d'être agréable à Votre Altesse, je lui demandai de vouloir bien me montrer les mines d'où l'on tirait l'or, afin que j'en pusse faire un rapport à Votre Majesté. Il me répondit que ce serait avec le plus grand plaisir. Il fit immédiatement appeler quelques-uns de ses sujets, qu'il répartit deux par deux pour les quatre provinces où l'or était exploité ; puis il me pria de leur adjoindre des Espagnols afin qu'ils fussent témoins des procédés d'extraction ; je fis donc suivre chaque groupe de deux Indiens par deux de mes hommes. Les uns s'en allèrent en une province appelée Cuzula qui est à quatre-vingts lieues de la grande ville de Tenochtitlán, et dont les habitants sont vassaux de Muteczuma ; là on leur montra trois rivières et de chacune d'elles ils nous rapportèrent des échantillons d'or très fin, que les Indiens retirent de la façon la plus primitive (le lavage probablement). En chemin, mes Espagnols me dirent avoir traversé trois provinces très bien cultivées, toutes pleines de villes, de villages et de maisons de campagne avec de si beaux et si grands édifices qu'on n'en pourrait trouver de plus beaux en Espagne. Ils me citèrent tout spécialement un camp retranché avec forteresse qui leur parut plus fort et mieux construit que le château de Burgos. Les habitants de l'une de ces provinces, appelée Tamazulapa, sont mieux vêtus que ceux de toute autre province et leur semblèrent très civilisés.

Les autres se rendirent en une autre province appelée Malinaltepec, située à soixante-dix lieues de la grande capitale, mais du côté de la mer. Ceux-là me rapportèrent également des échantillons d'or tirés d'une rivière qui passe dans la province.

Les autres s'en furent dans une contrée qui se trouve en amont de cette même rivière, où les Indiens parlent une langue différente de celle des gens de Culua et qui s'appelle Tenich ; le cacique de l'endroit se nomme Coatelicamatl ; comme il habite un pays de montagnes élevées d'accès difficile, il n'est point vassal de Muteczuma ; ses sujets du reste sont fort guerriers et combattent avec des lances de douze à quinze pieds de longueur. Comme ils n'ont point accepté le joug de Muteczuma, les envoyés mexicains qui accompagnaient les Espagnols n'osèrent entrer dans cette province sans en prévenir le cacique et lui en demander la permission, disant qu'ils accompagnaient les Espagnols pour visiter ses mines d'or et qu'ils lui demandaient cette faveur de la part de Muteczuma leur maître et qu'il voulût bien la leur accorder. Coatelicamatl répondit que, pour les Espagnols, il serait enchanté qu'ils entrassent dans le pays et visitassent les mines et tout ce qui les intéresserait, mais que les gens de Culua, sujets de Muteczuma, ne pouvaient pénétrer chez lui, parce qu'ils étaient ses ennemis. Les Espagnols éprouvaient une certaine inquiétude à pénétrer seuls en ce pays inconnu ; d'autant que les gens de Culua les en dissuadaient, disant qu'ils seraient assassinés et que c'était pour les tuer plus facilement qu'on ne voulait pas les laisser passer avec eux. Cependant, ils résolurent d'entrer seuls. Ils furent très bien accueillis par le cacique et les habitants du pays, qui leur montrèrent sept ou huit torrents et ruisseaux d'où ils tiraient l'or ; les Indiens en recueillirent même en leur présence, dont ils me rapportèrent des échantillons. Coatelicamatl, au retour de mes Espagnols, leur adjoignit quelques-uns de ses sujets porteurs d'un message d'après lequel il mettait lui et sa province au service de Votre Majesté Sacrée et il m'envoyait en même temps divers bijoux d'or et des étoffes qui se fabriquent dans le pays.

Les derniers se rendirent dans une autre province appelée Juchitepec, qui se trouve presque sur la même ligne que Malinaltepec, à douze lieues de là, où j'ai déjà dit qu'on trouvait de l'or. Là, on les conduisit à deux autres rivières d'où ils me rapportèrent également des échantillons d'or.

J'avais appris par mes Espagnols qu'il y avait dans cette dernière province toutes facilités pour y établir de grandes cultures et pour en tirer de l'or ; je priai donc Muteczuma de faire établir une ferme pour Votre Majesté dans cette province de Malinaltepec ; il y consentit et il y apporta une telle diligence qu'en deux mois, je puis l'affirmer, on avait semé deux cent quarante boisseaux de maïs, quarante de haricots et planté deux mille pieds de cacao, espèce d'amande qu'on met en poudre pour la consommer ; fruit tellement précieux qu'il sert de monnaie dans le pays et que vous pouvez en échange vous procurer toutes choses dans les marchés. Il avait de plus fait construire quatre grandes maisons où, dans l'une, sans parler des beaux appartements, il avait fait creuser un immense réservoir où s'ébattaient cinq cents canards, palmipèdes des plus utiles pour les Indiens, qui chaque année les dépouillent de leurs plumes pour en fabriquer des étoffes. Il mit encore dans cette ferme quinze cents dindes, sans parler d'une organisation agricole des plus complètes. Les Espagnols qui avaient vu cette ferme l'estimaient à plus de vingt mille piastres d'or.

DON FERNANDO D'ALVA IXTLILXOCHITL

Il descendait des rois de Tezcoco. En 1602, il fut déclaré héritier des titres et des biens de sa famille. Il était l'interprète du vice-roi de la Nouvelle-Espagne, et il représente ces Indiens qui, dans la conquête du Mexique, vont prendre le parti de Cortés ; dans la justification des raisons de ce choix, transparaît la vengeance des peuples qui subissaient la sanglante domination aztèque.

Le noble Ixtlilxochitl, pour expliquer ces circonstances, invoque aussi le monde magique, où la volonté divine se manifeste par les présages et où le destin est une fatalité sans issue.

HISTOIRE DES CHICHIMÈQUES*

LXIX

NAISSANCE DU VALEUREUX PRINCE IXTLILXOCHITL, ET CE QU'IL FIT PENDANT SON ENFANCE.

Rien n'est plus admirable que les œuvres de Dieu et la sagesse mystérieuse avec laquelle il dispose toute chose ; c'est ce que l'on remarque principalement à la naissance des princes, comme cela eut lieu surtout à celle du prince Ixtlilxochitl, qui arriva dans les deux premiers mois de l'année 1500, presqu'à la même époque où naissait dans la ville de Gand l'invincible et puissant empereur D. Carlos, notre seigneur de glorieuse mémoire. C'est aussi une coïncidence très remarquable que la naissance de D. Hernán Cortés, premier marquis de la vallée d'Oaxaca, qui arriva quinze ans auparavant, en 1485, à la même époque que celle de l'hérésiarque Martin Luther, de ce Cortés qui devait faire autant de bien à notre sainte religion que l'autre lui a fait de mal.

Il y eut à la naissance d'Ixtlilxochitl une foule de présages qui annoncèrent ce qu'il devait être à l'avenir ; entre autres choses que les astrologues et les devins annoncèrent à son père, ils lui dirent qu'un jour le prince introduirait de nouvelles lois et de nouvelles

* In *Voyages, relations et mémoires originaux..., op. cit.*, 1840.

coutumes ; qu'il serait l'ami d'une nation étrangère et l'ennemi de la sienne et de son propre sang ; qu'il vengerait un jour tous les captifs que l'on égorgeait et détruirait la religion, les dieux et les rites du pays. Ils voulurent déterminer le roi son père à lui ôter la vie ; mais celui-ci répondit qu'il ne fallait pas s'opposer aux desseins de Dieu, créateur de toutes choses, qui avait fait naître ce fils quand le moment approchait où devaient s'accomplir les prophéties de ses ancêtres. Elles annonçaient qu'il viendrait de nouvelles nations s'établir dans le pays ; que ce seraient les fils de Quetzalcoatl qui devaient venir du côté de l'Orient. Ce fut avec cette réponse qu'il congédia les devins qui lui donnaient ce conseil. Dès son enfance, Ixtlilxochitl montra tant d'esprit et de vivacité qu'on voyait bien ce qu'il serait un jour. Il faisait l'admiration des femmes qui étaient chargées de son éducation. À l'âge de trois ans, il tua sa nourrice de la manière suivante : voyant qu'elle se faisait faire la cour par un seigneur, il la pria de lui donner à boire. Cette femme étant obligée de se pencher au-dessus du puits pour en tirer de l'eau avec une corde, il profita de ce moment pour l'y faire tomber [...].

LXXII

DE QUELQUES SIGNES ET PRÉSAGES QUI ANNONCÈRENT LA DESTRUCTION DE L'EMPIRE.

En l'année Macuilli Tochtli ou 1510, on aperçut du côté de l'Orient une grande pyramide de lumière qui paraissait lancer des flammes, ce qui répandit le plus grand effroi dans le pays. Les plus savants dans l'astrologie et la divination ne savaient que dire : ils avaient cependant, d'après leurs histoires, une notion confuse que le temps approchait où devaient s'accomplir les prophéties de Quetzalcoatl et des anciens sages. Les deux plus inquiets étaient Motecuhzoma et Netzahualpiltzintli, qui devaient naturellement le plus souffrir de la destruction de l'empire. Comme le roi de Tezcuco était très instruit dans toutes les sciences, et surtout dans l'astrologie, il vit par là et par les prophéties de ses ancêtres que sa perte approchait : il ordonna donc aux commandants de ses armées d'interrompre les hostilités qu'on entretenait toujours avec les habitants de Huexotzinco, Tlaxcala et Atlixco, afin de tenir les guerriers en haleine et d'avoir des victimes pour les sacrifices. Il voulut aussi que ceux qui étaient chargés de la garde des frontières se contentassent de les protéger sans faire des incursions dans le pays ennemi, car il avait résolu de passer dans le repos le peu de temps qui lui restait à régner. Motecuhzoma avait le plus grand désir de le consulter sur tous ces présages, mais ils étaient très mal ensemble ; car le roi de Tezcuco ne pouvait lui pardonner la mort de son gendre, et il n'était pas moins irrité du châtiment sévère que l'on avait fait subir à Chalchiuhnenetzin sa sœur, au prince Huexotzincatzin son neveu, ainsi qu'à son beau-père, le roi Tezozomoc d'Atzcaputzalco. Les deux rois eurent une entrevue ; et après avoir apaisé leurs anciennes querelles, ils se consultèrent sur les maux dont le ciel les menaçait. Le roi de Tezcuco dit que tout devait s'accomplir sans qu'il y eût moyen de l'empêcher [...].

LXXIX

VOYAGE DE CORTÉS JUSQU'À SON ARRIVÉE À LA VERACRUZ.

Cortés avait ordonné à trois de ses officiers d'aller à la découverte et de tâcher de se procurer des vivres. Les naturels les attaquèrent, blessèrent plusieurs Espagnols, tuèrent quelques Indiens de Cuba, et leur auraient fait un mauvais parti si Cortés n'était venu à leur secours. Le lendemain il se mit en marche avec cinq cents hommes, treize chevaux et quelques pièces d'artillerie. En traversant quelques champs cultivés, il fut attaqué par quarante mille Indiens, et ce ne fut qu'avec beaucoup de peine qu'il remporta la victoire. Dans cette affaire, ses soldats aperçurent le glorieux apôtre saint Jacques qui combattait pour eux monté sur un cheval blanc. Ce fut la première fois qu'il parut dans cette conquête ; mais Cortés prétendit toujours que c'était le prince des apôtres, saint Pierre, qu'il avait choisi pour son patron et auquel il adressait ses prières. Il y eut soixante Espagnols de blessés ; mais les nôtres firent bientôt la paix avec les naturels. Tabasco, qui était le principal chef de ce pays, ainsi que tous les autres caciques et seigneurs, firent amitié avec Cortés, lui fournirent des vivres en abondance pour toute son armée, et lui donnèrent une quantité d'or. Cortés leur demanda où ils le prenaient et s'ils en avaient beaucoup ; ils lui répondirent qu'ils n'avaient pas de mines et qu'ils n'en cherchaient pas, car ils voulaient non pas devenir riches, mais vivre contents ; ajoutant que s'il se dirigeait au couchant il en trouverait tant qu'il voudrait. Ils dirent aussi, entre autres choses, que, de tous les cavaliers, celui qui combattait le premier était celui qui les avait le plus effrayés, ce qui prouve bien qu'un des saints apôtres était apparu dans cette occasion. Cortés leur expliqua le but de son voyage, en leur disant que le roi d'Espagne son maître, qui était le plus puissant du monde, l'avait envoyé pour leur enseigner la loi évangélique et les tirer de l'aveuglement dans lequel ils vivaient. À la grande joie des habitants de Potonchan, il plaça une croix dans le grand temple et on y célébra la cérémonie du dimanche des Rameaux. Il vint un nombre infini de gens qui reconnurent le roi d'Espagne pour leur souverain, et ce furent les premiers sujets qu'eut la couronne dans ce pays. Cortés nomma cette ville Vittoria, et l'ayant quittée pour suivre le cours de ses découvertes, il arriva sur le bord de la rivière Papalaotlan à laquelle on donna le nom de Pedro d'Alvarado, parce qu'il fut le premier qui la découvrit. Il continua à suivre la côte en se dirigeant vers le couchant, et arriva à San Juan de Culhua, que l'on nomme aujourd'hui Ulua, le jeudi de la Cène. Avant qu'ils débarquassent, Teotlili, qui commandait sur cette côte au nom des trois chefs de l'empire, envoya deux de ses serviteurs dans un canot pour demander au chef de la flotte d'où il venait et où il allait. Cortés les reçut très bien, leur fit des présents et les chargea de dire à leur maître qu'il ne s'effrayât pas, et qu'ils venaient seulement pour lui annoncer des nouvelles qui lui seraient fort agréables. Les Espagnols prirent terre le Vendredi saint, et s'établirent sur une plage de sable où l'on construisit plus tard la Vera-Cruz, à laquelle on donna ce nom dès ce jour même, parce que c'était celui du vendredi de la Croix. Ils y furent visités par un grand nombre d'Indiens qui échangèrent de l'or et des plumes précieuses contre des ciseaux, des aiguilles, des perles de verre et autres bagatelles, quoique Cortés eût défendu qu'on leur demandât de l'or, pour qu'ils ne crussent pas que c'était le but du voyage. Deux jours après, c'est-à-dire le lundi de Pâques, le gouverneur arriva suivi de quatre mille hommes chargés de vivres qu'il présenta à Cortés, ainsi que quelques bijoux d'or très riches. Cortés l'embrassa et lui présenta une veste de velours et quelques objets de Castille dont il parut faire le plus grand cas. Aguilar ne comprenait plus la langue de ce pays, mais Dieu daigna y remédier en permettant qu'une des femmes que Cortés avait reçues du seigneur de Potonchan la comprît parfaitement. Elle était née de parents nobles, au village de Huilotlan, dans la province de Xalatzinco, et était petite-fille du seigneur de ce village ; quelques marchands l'avaient volée dans son enfance pendant la guerre et l'avaient vendue à la foire de Xicalanco, près de la province de Coatzacualco : elle avait passé de main en main dans celles du seigneur de Potonchan ; celui-ci l'avait donnée à Cortés qui la convertit par ses bons traitements à la religion chrétienne, ainsi que ses trois compagnes ; elles furent les premières qui reçurent le baptême à la Nouvelle-Espagne. Elle servit d'interprète conjointement avec Aguilar, à qui Cortés disait ce qu'il voulait ; Aguilar le répétait à Marina en langue de Potonchan, et celle-ci le traduisait en mexicain. Mais heureusement pour Cortés elle apprit très vite la langue espagnole, ce qu'on peut regarder comme miraculeux, et fut très utile pour la conversion des naturels et l'établissement de notre sainte foi catholique. Par la suite elle épousa Aguilar[1].

Teotlili dîna ce jour-là avec Cortés. Il lui dit qu'il gouvernait ce pays au nom des trois chefs de l'empire, et qu'il était vassal du grand Motecuhzoma, roi de la ville de Mexico, Tenuchtitlan ajoutant que s'il voulait lui apprendre le motif de son voyage, il en rendrait compte à son maître et aux autres rois. Cortés lui fit dire par Marina qu'il était vassal du roi D. Carlos d'Espagne, seigneur de tout l'univers ; qu'il venait de sa part pour annoncer au roi de Mexico un secret qui le comblerait de joie, et qu'il le priait d'en faire avertir son ambassade. Teotlili lui répondit qu'il se réjouissait d'apprendre de lui qu'il existait un autre seigneur aussi puissant que Motecuhzoma, et que c'était le roi d'Espagne, quoiqu'il eût peine à croire qu'il existât au monde rien d'égal à son maître ; qu'au reste il lui donnerait avis de son arrivée et prendrait ses ordres. Cortés lui demanda si Motecuhzoma avait beaucoup d'or, lui disant que c'était un remède contre le mal de cœur dont beaucoup de ses soldats étaient affectés. Teotlili lui répondit que oui. Il fit ensuite peindre, sur une étoffe de coton, le costume des Espagnols, leurs chevaux, leurs vaisseaux, tout ce que Cortés avait apporté, et envoya en toute hâte des messagers à Mexico, pour porter ce tableau à Motecuhzoma, ainsi qu'à Cacama et à Totoquihuatzin, qui régnaient alors à Mexico et à Tlacopan. L'envoyé fit tant de diligence qu'il arriva à Mexico en un jour et une nuit. Teotlili retourna à Cuetlachtlan où il résidait, et laissa Cuetlalpiltoc et quelques autres chefs avec deux mille Indiens pour servir les Espagnols.

1. Aguilar était sous-diacre, ainsi il n'épousa pas et ne pouvait épouser Marina, qui devint la femme de Juan Xaramillo, un des soldats qui accompagnèrent Cortés au voyage de Hibuebueras.

FRÈRE MARCOS DE NIZA

NIZA, 1500 ? - MEXICO, 1543

Après la conquête du Mexique, frère Marcos de Niza part à la découverte de « sept villes » dans la direction de l'Ouest, villes légendaires, fondées par sept évêques au VIIIe siècle. Pour lui, la fable devient réalité.

Le Noir Estebanico, qui avait parcouru ces terres comme compagnon des mésaventures de Cabeza de Vaca, guidera frère Marcos de Niza vers la ville mythique de Cibola, l'une de ces sept villes, aujourd'hui identifiée comme l'un des peuples Zuni.

Frère Marcos aperçoit la ville de loin, il n'ose pas approcher. De retour au Mexique, ses renseignements serviront à Vicente Vázquez de Coronado pour tenter la même recherche, mais ce dernier n'a rien trouvé.

RELATION AVEC L'INTRODUCTION DU VICE-ROI ANTONIO DE MENDOZA*

I

INSTRUCTION DONNÉE PAR DON ANTONIO DE MENDOZA, VICE-ROI DE LA NOUVELLE-ESPAGNE AU PÈRE MARCOS DE NIZA[1].

Père Marcos de Niza, voici ce que vous avez à faire dans l'expédition que vous entreprenez pour l'honneur et la gloire de la Sainte-Trinité, et pour la propagation de notre sainte foi catholique.

Premièrement, aussitôt que vous arriverez dans la province de Culiacan, vous devez exhorter et encourager les Espagnols qui résident dans la ville de San Miguel à bien traiter les Indiens qui sont en paix avec nous, et à ne pas les employer à des travaux excessifs. Vous les assurerez que s'ils agissent ainsi on leur fera toutes sortes de faveurs, et sa majesté leur accordera des indemnités pour les maux qu'ils ont soufferts. Ils trouveront en moi quelqu'un qui les aidera puissamment pour cela ; mais s'ils se conduisent autrement, ils seront punis et n'obtiendront aucune grâce. Vous ferez

* In *Voyages, relations et mémoires originaux...*, « Recueil de pièces sur la Floride », *op. cit.*

1. *La relation de Marcos de Niza est un document juridique complet, avec l'instruction et les actes notariaux.*

savoir aux Indiens que je vous envoie au nom de sa majesté, afin de recommander qu'on les traite bien. Vous leur direz que l'empereur a été très peiné des maux qu'on leur a fait souffrir, que dorénavant il n'en sera point ainsi, et que quiconque les maltraitera sera puni.

Vous les assurerez qu'on ne les réduira plus en esclavage, qu'on ne les enlèvera plus de leur pays, et qu'au contraire on les laissera vivre chez eux en liberté sans leur faire ni mal ni tort. Faites en sorte qu'ils bannissent toute crainte, qu'ils reconnaissent Dieu notre Seigneur, qui est dans le ciel, et l'empereur que sa main a placé sur la terre, pour la régir et la gouverner.

Voulant que Francisco Vázquez de Coronado, nommé par sa majesté gouverneur de cette province, vous accompagne jusqu'à la ville de San Miguel de Culiacan, nous prendrons les dispositions nécessaires afin de pourvoir cette ville de ce qui a rapport au service de Dieu notre Seigneur, ainsi qu'à la conversion des naturels de cette province, et aux bons traitements à exercer envers eux.

Si, par l'aide de Dieu notre Seigneur, et par la grâce du Saint-Esprit, vous trouvez une route pour passer plus avant et pour pénétrer dans l'intérieur, vous emmènerez avec vous Esteban de Dorantes, pour qu'il vous serve de guide. Je lui ordonne de vous obéir en toutes choses, comme à moi-même. S'il ne le faisait pas il se rendrait passible des peines que l'on inflige aux personnes coupables de désobéissance envers les officiers qui ont reçu de sa majesté le droit de commandement.

Ledit gouverneur Francisco Vázquez engagera pareillement les Indiens qui sont venus avec Dorantes et les autres naturels de ce pays que l'on pourra trouver, afin que si vous croyiez, vous et le gouverneur, devoir les emmener, vous le fassiez, et que vous employiez leurs services comme vous croirez convenable au service de Dieu.

Vous chercherez toujours à voyager avec le plus de sûreté possible ; vous vous informerez d'abord si les naturels sont en guerre entre eux ; vous éviterez de leur donner occasion d'agir contre votre personne, ce qui forcerait de procéder contre eux et de les punir, car, dans ce cas, au lieu d'aller leur faire du bien et les éclairer, il arriverait le contraire.

Vous prendrez le plus grand soin d'observer la force des peuplades, si elles sont nombreuses ou non, si elles vivent dispersées ou réunies ; l'aspect et la fertilité du pays, la température, les arbres, les plantes, les animaux sauvages qui s'y trouvent ; la nature du sol, s'il est aride ou coupé par des rivières, si elles sont grandes ou petites ; les pierres et les métaux qu'il renferme. Si vous pouvez vous procurer des échantillons de tous ces objets, apportez-en ou envoyez-en afin que sa majesté puisse être parfaitement instruite.

Informez-vous constamment si l'on a connaissance du voisinage de la mer, soit du Nord soit du Sud, car il pourrait se faire qu'il y eût un golfe par où la mer pénétrât dans l'intérieur. Si vous parvenez à la côte de la mer du Sud, vous enterrerez, sur le rivage, au pied d'un arbre élevé et remarquable, des lettres dans lesquelles vous rendrez compte de ce que vous jugerez à propos de faire savoir. Pour que l'on reconnaisse l'arbre où vous laisserez des lettres, vous y ferez une croix, ainsi qu'à l'embouchure des rivières, dans les endroits qui peuvent servir de ports, et vous y déposerez des lettres. Si l'on expédie des vaisseaux, ils auront ordre de rechercher ce signal.

Vous ne manquerez pas d'avoir soin d'envoyer constamment des Indiens pour faire savoir la route que vous prenez, comment vous êtes reçu, et ce que vous trouvez de plus remarquable.

Si Dieu, notre Seigneur, permet que vous trouviez quelque grande ville, et si vous croyez qu'il soit convenable d'y établir un monastère, et d'y envoyer des religieux qui travaillent à la conversion des indigènes, vous le ferez savoir par des Indiens ou bien vous retournerez à Culiacan pour en donner avis le plus secrètement possible, afin que l'on prenne les dispositions convenables sans donner lieu à aucun trouble ;

car, dans la conquête que l'on se propose, il ne s'agit que du service de notre Seigneur et du bien des naturels du pays.

Quoique toute la terre appartienne à l'empereur notre maître, je vous autorise à prendre possession du nouveau pays au nom de sa majesté ; vous ferez les signes et vous remplirez les formalités qui vous paraîtront nécessaires dans cette circonstance. Vous ferez entendre aux naturels du pays qu'il y a un Dieu dans le ciel et un empereur sur la terre, que c'est pour la régir, pour la gouverner, et que tous les hommes doivent leur être soumis et les servir.

ACCUSÉ DE RÉCEPTION

Moi, frère Marcos de Niza, de l'ordre de notre seigneur saint François, j'ai reçu une expédition des instructions ci-dessus, signée par le très illustre seigneur don Antonio de Mendoza, vice-roi de la Nouvelle-Espagne. Elle m'a été remise par l'ordre de sa seigneurie et en son nom, par Francisco Vázquez de Coronado, gouverneur de la Nouvelle-Galice, laquelle copie, faite d'après les instructions *de verbo ad verbum,* a été corrigée et collationnée avec ladite. Je promets de m'y conformer ponctuellement, de ne pas outrepasser son contenu, en quelque temps que ce soit ; c'est pourquoi je la signe de mon nom, le 25 de novembre 1538, jour où j'ai reçu ladite instruction au nom du vice-roi, dans cette province de la Nouvelle-Galice.

II

RELATION DE FRÈRE MARCOS DE NIZA

Par l'aide et la faveur de la très sainte Vierge Marie, Notre Dame, et de notre père séraphique saint François, moi frère Marcos de Niza, religieux profès de l'ordre de Saint-François, et en vertu de l'instruction ci-dessus donnée par l'illustrissime seigneur don Antonio de Mendoza, vice-roi et gouverneur pour sa majesté à la Nouvelle-Espagne, je suis parti de la ville de San Miguel, de la province de Culiacan, le vendredi, septième jour du mois de mars de l'année 1539. J'emmenai en qualité de collègue frère Onorato et le nègre Esteban Dorantes, ainsi que des Indiens que ledit vice-roi affranchit et qu'il acheta pour cette expédition. Ils me furent remis par Francisco Vázquez de Coronado, gouverneur de la Nouvelle-Galice, avec beaucoup d'autres Indiens de *Petatean (Pitatlan)*, et de la ville que l'on nomme del Cuchillo (du Couteau), qui peut être à cinquante lieues de la première. Ils vinrent jusqu'à Culiacan en témoignant beaucoup de joie, car les Indiens que le gouverneur avait envoyés en avant leur avaient fait connaître qu'ils étaient en liberté, et qu'on ne venait ni pour les mettre en esclavage, ni pour leur faire la guerre, ni aucun mauvais traitement ; que tels étaient le désir et la volonté de sa majesté.

Suivi de cette escorte, je me mis en route et j'arrivai au village de Pitatlan : je reçus sur la route toutes sortes de bons traitements ; on me fit présent de vivres, de roses et d'autres objets de ce genre ; on me construisit des cabanes de nattes et de branchages dans toute la contrée qui n'était pas habitée. Je me reposai trois jours dans le village de Pitatlan, mon compagnon frère Onorato étant tombé malade ; je fus même obligé de l'y laisser, et je continuai mon voyage suivant l'instruction que j'avais reçue, dans la direction où me guida le Saint-Esprit, quoique j'en fusse indigne. J'avais avec moi le nommé Esteban Dorantes, nègre, quelques

Indiens affranchis et un grand nombre de naturels du pays.

Partout où j'arrivais, on me faisait un excellent accueil, les habitants se livraient à des divertissements, élevaient des arcs de triomphe, partageaient avec moi leurs vivres, quoiqu'ils en eussent fort peu, parce que, disaient-ils, il n'avait pas plu depuis trois ans, et que les Indiens de la contrée cherchaient plutôt à se cacher qu'à cultiver la terre, effrayés qu'ils étaient par les chrétiens de la ville de San Miguel, qui, jusqu'à cette époque, avaient l'habitude de leur faire la guerre et de les réduire en esclavage. Pendant tout ce chemin, où je fis vingt-cinq ou trente lieues au-delà de Pitatlan, je n'ai rien vu qui fût digne d'être rapporté ici, si ce n'est que des Indiens de l'île où s'était rendu le marquis del Valle, vinrent me voir. J'appris d'eux d'une manière positive que c'était une île, et non pas comme plusieurs le prétendent un continent : l'espace qui la sépare de la terre ferme peut être environ d'une demi-lieue.

Des Indiens d'une autre île plus grande, et qui est plus éloignée, vinrent aussi me voir. Je sus par eux qu'il y avait trente autres petites îles habitées par des gens pauvres en vivres, excepté dans deux de ces îles, où suivant eux on trouve du maïs. Ces Indiens avaient au cou beaucoup de coquilles qui renferment des perles, je leur en montrai une que je portais pour échantillon ; ils me dirent qu'il y en avait dans cette île, néanmoins je n'en vis aucune.

Je continuai ma route en suivant un désert pendant quatre jours de marche. J'étais accompagné par les Indiens des îles dont je viens de parler, et par les habitants des villages que j'avais laissés en arrière. Aux confins du désert, je trouvai d'autres Indiens qui furent surpris de me voir, car ils n'avaient aucune notion des chrétiens, n'entretenant aucun rapport avec ceux qui étaient plus en deçà. Ils me reçurent fort bien et me donnèrent beaucoup de vivres. Ils cherchaient à toucher mes vêtements et me nommaient *Sayota,* ce qui veut dire, dans leur langue, homme du ciel. Au moyen des interprètes, je leur fis entendre, le mieux que je pus, le contenu de mes instructions, c'est-à-dire que je leur transmis la connaissance de notre Seigneur qui est au ciel, et de sa majesté qui est sur la terre.

J'employai tous les moyens pour savoir s'il y avait des pays habités par une population nombreuse, et s'il existait des habitants plus civilisés qu'eux. Les naturels avec qui j'eus des rapports me dirent seulement que dans l'intérieur, à quatre ou cinq jours de marche de l'endroit où les chaînes de montagnes s'abaissent, on trouve dans une plaine fort étendue un nombre considérable de grandes villes habitées par des gens habillés de coton. Je leur montrai quelques métaux que j'emportais pour connaître ceux du pays, ils prirent de l'or et me dirent que ces naturels avaient des bassins de cette matière, et qu'ils portaient au nez et aux oreilles des objets ronds en or. Qu'ils avaient des petites pelles du même métal avec lesquelles ils raclent leur sueur pour s'en débarrasser. Mais comme cette plaine s'éloigne de la côte, et que mon intention était de ne pas m'en écarter, je résolus de la laisser pour mon retour afin de mieux l'observer.

Je parcourus pendant trois jours un pays habité par les mêmes Indiens qui me reçurent comme les premiers et j'arrivai à une ville d'une grandeur moyenne, nommée Vacapa. Les habitants me reçurent très bien, et me donnèrent une grande quantité de vivres, dont ils avaient en abondance, car le pays est fertile. Cette ville est à quarante lieues de la mer : comme j'en étais si éloigné et que c'était l'avant-veille du dimanche de la Passion, je résolus d'y rester jusqu'à Pâques, pour prendre des renseignements suffisants sur les îles dont j'ai dit que l'on m'avait parlé. J'expédiai donc les messagers indiens pour qu'ils se rendissent à la mer par trois routes différentes. Je les chargeai de m'amener des habitants de la côte et de quelques-unes des îles, pour prendre des renseignements auprès d'eux. J'expédiai Esteban Dorantes, le nègre, pour qu'il s'avançât à cinquante ou soixante lieues vers le nord, et qu'il vît si, dans cette direction, il pourrait découvrir quelque chose d'important sur ce que nous cherchions. Je convins avec lui que s'il apprenait qu'il y eût des contrées peuplées, riches et considérables, de ne pas s'avancer davantage ; mais de retourner en personne ou de m'expédier des Indiens avec un signal dont nous étions convenus. Si c'était un pays de grandeur ordinaire, il devait m'envoyer une croix blanche longue d'une palme ; s'il était plus important, la croix devait avoir deux palmes, et si ce pays était plus considérable que la Nouvelle-Espagne, le signe était une grande croix.

Le nègre Esteban partit avec ces ordres le dimanche de la Passion après dîner ; je restai dans cette ville qui, comme je l'ai dit, se nomme Vacapa. Quatre jours après, des envoyés d'Esteban arrivèrent avec une croix de la grandeur d'un homme ; ils me dirent de sa part de partir à l'instant sur ses traces, qu'il avait trouvé des gens qui lui parlaient d'un pays le plus grand du monde, et qu'il avait avec lui des Indiens qui y avaient été ; il m'en envoyait un. Il me fit dire des choses si surprenantes sur sa découverte que je refusais de les croire avant de les avoir vues et de m'être mieux assuré des faits. L'Indien me dit qu'il y avait trente journées de marche depuis l'endroit où était Esteban jusqu'à la première ville du pays que l'on nomme Cibola. Comme je crois digne d'être rapporté dans cet écrit ce que l'Indien envoyé par Esteban m'a raconté de ce pays, je vais le faire. Il affirme et il certifie que dans cette première province il y a sept villes très grandes qui toutes appartiennent à un souverain. On y voit de grandes maisons de pierre et de chaux ; les plus petites ont un étage surmonté d'une terrasse, il y en a de deux et de trois étages. Celle du souverain en a quatre fort bien ordonnés. On voit à la porte des maisons principales beaucoup d'ornements en turquoises, pierres très communes dans le pays. Les habitants de ces villes sont très bien vêtus. Il me donna beaucoup d'autres détails sur ces sept villes et sur d'autres provinces plus éloignées et plus considérables que celle des sept villes. Afin de savoir comment il en avait connaissance, nous eûmes avec lui de longs entretiens ; je le trouvai très raisonnable, et je remerciai notre Seigneur.

Je tardai de partir sur les traces d'Esteban Dorantes, croyant qu'il m'attendrait comme j'étais convenu avec lui, et parce que j'avais promis aux naturels que j'avais expédiés vers la mer de les attendre ; car j'ai voulu agir sincèrement avec les gens qui avaient affaire à moi. Les messagers arrivèrent le jour de Pâques fleuries. Ils avaient avec eux des habitants de la côte et des deux îles dont il a été question. Elles sont pauvres comme je l'avais déjà appris, et habitées par des gens qui portent sur le front des coquilles qui contiennent des perles. Ils m'assurent qu'il y avait trente-quatre îles les unes près des autres, j'en donne les noms dans un autre écrit où je rapporte pareillement le nom des villages. Les habitants de la côte disent qu'ils ont peu de vivres ainsi que les insulaires, et qu'ils correspondent au moyen de radeaux. Cette côte se dirige vers le nord aussi droit que possible. Les habitants m'apportèrent des boucliers de cuirs de vaches bien travaillés, et assez grands pour couvrir des pieds à la tête ; il y a des orifices pratiqués en haut de l'endroit où la poignée est fixée afin que l'on puisse voir étant derrière. Ils sont si forts, que je ne crois pas qu'une arquebusade les traverse. Le même jour, trois Indiens de la race que l'on appelle *Pintados* (peints) vinrent me voir. Ils avaient le visage, la poitrine et les bras peints, ils habitent dans la direction de l'est. Un certain nombre résident dans le voisinage des sept villes. Ils dirent qu'ils étaient venus me voir parce qu'on leur avait parlé de moi. Entre autres rapports qu'ils me firent, ils me parlèrent beaucoup des sept villes et des provinces dont m'avait entretenu l'Indien d'Esteban ; ils s'expliquèrent presque dans les mêmes termes que cet homme. Je renvoyai les habitants de la côte. Deux Indiens des îles dirent qu'ils voulaient m'accompagner pendant sept ou huit jours.

Je quittai Vacapa avec eux et les trois Indiens peints dont j'ai parlé. Deux jours après Pâques fleuries, je pris le chemin qu'Esteban avait suivi. J'avais reçu de lui d'autres messagers avec une seconde croix aussi grande que la première, il me l'envoyait en me disant de hâter mon départ. Il me certifiait que le pays où il se rendait était excellent et le plus merveilleux dont on eût jamais entendu parler. Les envoyés, en particulier, s'exprimèrent sans manquer en la moindre chose à ce qu'avait dit le premier ; et même ils me donnèrent beaucoup plus de détails, et s'expliquèrent beaucoup plus clairement. Ce jour-là, le surlendemain de Pâques, et deux jours après, je suivis la même route qu'Esteban, et j'arrivai chez les Indiens qui lui avaient parlé des sept villes et du pays qui est au-delà. Ils me dirent que de cet endroit on se rendait en trente jours de marche à la ville de Cibola qui est la première des sept, ce ne fut pas un seul individu qui s'exprima ainsi ; beaucoup me dirent très en détail quelle était la grandeur des maisons, la manière dont elles étaient construites, ainsi que me l'avaient rapporté les premiers. Ils ajoutèrent qu'outre les sept villes, il y avait trois autres royaumes nommés Marata, Acus et Totonteac. Je voulus savoir pourquoi ils s'éloignaient autant de leurs demeures : ils me dirent que c'était pour aller chercher des turquoises et d'autres objets que ce peuple possède en abondance. Je leur demandai contre quoi ils échangeaient ces marchandises ; ils me répondirent que c'était avec leur sueur et le travail de leurs mains ; qu'ils allaient à la première ville nommée Cibola, et qu'on les y occupait à creuser la terre et à d'autres ouvrages ; que les habitants leur donnaient des cuirs de vaches et des turquoises en payement ; que tous les habitants de cette ville portaient aux oreilles et au nez des turquoises fines et belles. Ils me racontèrent qu'aux portes principales de Cibola, il y avait des ornements faits avec ces pierres ; que les habillements des naturels étaient des chemises de coton larges qui descendaient jusque sur le pied, attachées au cou par un bouton et un long cordon qui en descend ; que les manches de ces chemises étaient aussi larges du haut que du bas. D'après mon avis, elles seraient semblables aux vêtements des Bohémiens. Ils disent qu'ils se ceignent le corps avec des ceintures de turquoises, et que par-dessus ces chemises, les uns portent d'excellents manteaux et d'autres des cuirs de vaches très bien travaillés, regardés par eux comme le meilleur vêtement et le plus commode du pays. Les femmes sont vêtues de la même manière ; elles portent aussi des habillements qui descendent jusqu'en bas. Ces Indiens me reçurent très bien ; ils s'informèrent avec le plus grand soin du jour de mon départ de Vacapa, afin de me faire trouver sur la route des vivres et des logements. Ils m'amenaient des malades pour les guérir, et ils essayaient de toucher mes vêtements : je récitais l'évangile sur les malades. Ils me donnèrent quelques cuirs de vaches si bien tannés et si bien travaillés, qu'ils semblaient être préparés par des hommes très civilisés. Ils disaient tous que ces cuirs venaient de Cibola.

Le lendemain je continuai ma route en emmenant avec moi mes Indiens peints qui ne voulaient pas me laisser. J'arrivai dans un autre village où je fus fort bien reçu par les habitants. Ils cherchèrent comme les autres à toucher mes vêtements. Ils me donnèrent des notions sur le pays où je voulais aller, et avec autant de détail que les premiers. Ils me dirent que plusieurs des habitants avaient suivi Esteban Dorantes à quatre ou cinq journées de là. Je trouvai dans ce village une grande croix que ce dernier avait laissée pour me faire savoir que la nouvelle du bon pays devenait toujours plus certaine. Il avait chargé les habitants de me dire de me hâter le plus possible, et qu'il m'attendrait à la fin du premier désert. J'érigeai deux croix dans cet endroit, et j'en pris possession suivant mon instruction, parce que je crus qu'il était meilleur que celui que je laissais en arrière, et qu'il était convenable de faire les actes de prise de possession.

Je voyageai cinq jours de cette manière en trouvant toujours des villages, une très bonne réception, beaucoup de turquoises, des cuirs de vaches, et sans que le pays changeât d'aspect. Tous me parlaient de Cibola et de la province de ce nom comme des gens qui savaient que je m'y rendais. Ils me dirent que le nègre allait en avant. Il m'envoya en message des habitants de cette ville qui étaient allés avec lui. Il renchérissait toujours sur la grandeur du pays, et il me pressait de hâter mon arrivée. J'appris dans cet endroit que je rencontrerais un désert de quatre journées de marche, où je ne trouverais pas de vivres ; mais que déjà on avait préparé ce qui était nécessaire pour me construire des cabanes et pour me transporter des provisions. Je fis diligence, espérant trouver Esteban à la fin de cette solitude, car il m'avait fait dire qu'il m'y attendrait avant d'arriver au désert.

Je parvins dans un village rafraîchi par des ruisseaux. J'y fus reçu par un grand nombre d'hommes et de femmes vêtus d'étoffes de coton ; quelques-uns étaient habillés avec des cuirs de vaches, qu'ils préfèrent généralement aux tissus de coton. Tous les gens de ce village étaient *encaconados* avec des turquoises qui leur descendent du nez et des oreilles ; ils les nomment *cacona.* À leur tête était le chef de ce village, et deux de ses frères fort bien vêtus en coton, et parés avec des caconas et des colliers de turquoises. Ils m'apportèrent une grande quantité de gibier, des cerfs, des lapins, des cailles, du maïs et des pigeons, tout cela très abondamment. Ils m'offrirent beaucoup de turquoises, des cuirs de vaches de *Xicaras,* et bien d'autres choses que je n'acceptai pas, comme j'en avais l'habitude depuis que j'étais entré dans le pays où nous ne sommes pas connus.

Je recueillis dans cet endroit, sur les sept villes, les royaumes et les provinces, des rapports conformes à ceux que l'on en avait déjà donnés. J'étais vêtu d'un habillement de drap grisâtre, que l'on nomme *Zaragoça,* et que Francisco Vázquez de Coronado, gouverneur de la Nouvelle-Galice, m'avait envoyé. Le chef du rivage et d'autres Indiens touchèrent mon habit, et dirent qu'il y avait beaucoup d'étoffes semblables à Totonteac, et que les naturels de ce pays en portaient des habillements. Je leur dis, en souriant, que cela n'était pas possible, que ce devait être des étoffes semblables à leurs mantes de coton ; mais ils me répondirent : « Penses-tu que nous ignorions que ce tissu diffère de celui que nous portons ? tu sauras qu'à Cibola toutes les maisons sont remplies d'étoffes du genre des nôtres ; mais à Totonteac il y a de petits animaux qui fournissent la matière pour fabriquer ce tissu. » J'en fus très surpris, n'ayant pas encore entendu parler de ce fait avant d'être arrivé dans ce village. Je voulus prendre des informations plus détaillées ; ils me dirent que ces animaux sont gros comme les deux lévriers que Esteban conduisait avec lui ; ils prétendent qu'il y en a beaucoup à Totonteac ; je n'ai pu parvenir à savoir quel animal ce pouvait être.

Le lendemain j'entrai dans le désert. À l'endroit où je devais m'arrêter pour dîner, je trouvai, auprès d'un ruisseau, des cabanes et des vivres suffisants. Le soir, j'arrivai à des maisons où j'eus encore des vivres, et il en fut de même pendant quatre jours que je mis à traverser le désert, après quoi je pénétrai dans une vallée très bien habitée. Les Indiens du premier village vinrent au-devant de moi. Les hommes et les femmes portaient beaucoup de turquoises qui leur pendaient des mains et des oreilles ; plusieurs avaient des colliers de turquoises semblables à ceux qu'avaient le chef du village, situé avant le désert, et ses frères. Mais les premiers n'avaient qu'un tour, et les seconds en avaient trois ou quatre. Ils étaient vêtus de très bons manteaux de cuirs de vaches. Les femmes avaient aussi des turquoises au nez et aux oreilles, d'excellentes jupes de dessous et des chemises. Ces naturels connaissaient aussi bien Cibola, qu'à la Nouvelle-Espagne on connaît Mexico, et Cuzco au Pérou. Ils me donnaient toutes sortes de détails sur la construction des maisons, sur la population, les rues, les places, et comme des personnes qui y avaient été très souvent, et qui s'y procuraient, ainsi que les Indiens des autres provinces plus éloignées, les objets produits de la civilisation. Leur ayant dit qu'il n'était pas possible que les maisons fussent comme ils le racontaient, ils prirent, pour me convaincre, de la cendre et de la terre, la mouillèrent, et me firent voir comment ils arrangeaient les pierres, et comment ils élevaient l'édifice en superposant alternativement des pierres et du mortier, jusqu'à ce que la construction fût arrivée à toute son élévation. Je leur demandai si les gens de ce pays avaient des ailes pour s'élever aux étages supérieurs, ils se mirent à rire, et m'indiquèrent un escalier aussi bien que j'aurais pu le faire. Ils prirent une perche, la placèrent sur leur tête, et me firent signe que les étages avaient cette hauteur. J'eus aussi dans ce pays des informations sur le drap de Totonteac, où, disent-ils, les maisons sont comme à Cibola, et même mieux construites et plus nombreuses. C'est une ville selon eux fort grande et sans limites.

On m'a dit aussi dans ce pays que la côte s'étend tout droit vers le nord : jusqu'à l'entrée du premier désert que j'avais passé, elle prenait toujours la direction du nord. Comme il était très important de côtoyer dans cette direction, je voulus m'en assurer par mes yeux. Je partis donc pour la rechercher, et je vis clairement qu'à la hauteur de trente-cinq degrés elle tourne à l'ouest. Je n'en fus pas moins satisfait que des bonnes nouvelles que je recevais du pays.

Je continuai mon voyage, et je marchai cinq jours dans cette vallée. Elle est habitée par des gens très propres et si pourvus de vivres, qu'ils pourraient nourrir trois cents chevaux et plus. Elle est bien arrosée et ressemble à un verger. Les villages sont à une demi-lieue ou à un quart de lieue l'un de l'autre. Dans tous on me donnait des informations sur Cibola, et les habitants m'en parlaient comme des gens qui s'y rendaient tous les ans pour gagner leur vie.

Je trouvai dans cet endroit un homme qui était natif de cette ville. Il me dit qu'il avait quitté une personne que le souverain a placée à Cibola. Ce chef des sept villes a sa résidence dans l'une d'elles : on la nomme Acus. Dans les autres places, il entretient des gens qui gouvernent en son nom. Le naturel de Cibola était un homme d'un bel extérieur, fort âgé, et bien plus sensé que ceux de la vallée et des environs. Il me dit qu'il voulait partir avec moi pour que j'obtinsse son pardon. Je pris soigneusement des informations près de lui : voici ce qu'il m'assura : Cibola est une grande ville, très populeuse, les rues et les places sont en grand nombre, dans quelques quartiers, il y a des maisons fort vastes, qui ont dix étages, les chefs s'y réunissent à certaines époques de l'année. Les maisons sont de pierre et de chaux, ainsi que me l'ont rapporté les premiers Indiens, les portes d'entrée et les façades sont en turquoise, les sept autres villes sont construites de même, il y en a encore de plus grandes : la plus considérable est Ahacus.

Il m'a rapporté que vers le sud-est il existe un royaume qui s'appelle Marata, qu'il y a des populations très considérables ; que toutes ont des maisons de pierre à plusieurs étages, qu'elles ont été en guerre, et qu'elles combattent encore avec le souverain des sept villes. Suivant lui cette guerre aurait beaucoup diminué la force du royaume de Marata ; mais cependant il est encore puissant et continue de se défendre. Il m'a rapporté que dans la direction de l'ouest on trouve le royaume nommé Totonteac, que c'est un état des plus importants du monde, entièrement peuplé et fort riche, que les habitants sont habillés d'un drap semblable à celui que je portais, qu'ils en avaient même de plus beaux, et que la matière première était fournie par des animaux semblables à ceux dont on m'avait parlé. Ces gens, disait-il, étaient très civilisés et bien différents de ceux que j'avais vus. Il existe aussi, d'après le rapport de cet Indien, un autre royaume très vaste, nommé Acus ; car il y a Ahacus et Acus ; Ahacus avec l'aspiration est une des sept villes, et la capitale. Acus sans aspiration est un royaume. Ce vieillard m'a conté qu'à Cibola les habillements sont tous comme on me l'avait déjà dit plus avant. Les habitants de cette ville dorment dans des lits élevés au-dessus du sol, et faits avec des étoffes : des tentes couvrent ces lits. Il me proposa de m'accompagner jusqu'à Cibola, et plus avant, si je voulais l'emmener. Beaucoup d'autres habitants des villages me firent des offres semblables, mais avec moins d'insistance.

Je voyageai pendant trois jours dans cette vallée, et les naturels me firent tout l'accueil qu'ils purent. J'y ai vu plus de deux mille cuirs de vaches extrêmement bien préparés, et beaucoup plus de turquoises, et de colliers faits avec ces pierres, que dans les pays que je laissais en arrière : tous me disaient qu'elles venaient de Cibola, qu'ils connaissent comme ce que je tiens dans la main. Ils connaissent aussi bien les royaumes de Marata, d'Acus et de Totonteac.

Dans cette vallée on m'apporta un cuir une fois et demie plus grand qu'un cuir de vache ; ils me dirent qu'il appartenait à un animal qui n'avait qu'une corne sur le front, cette corne se recourbe jusqu'à la poitrine, de là elle remonte en pointe droite, ce qui donne tant de force à l'animal qu'il n'y a aucun objet, quelque dur qu'il soit, qu'il ne puisse rompre. Ils prétendent que ces animaux sont très communs dans ce pays-là. La couleur ressemble à celle du cuir de bouc, le poil est de la longueur du doigt. Je reçus encore des messagers d'Esteban, qui me dirent qu'il s'avançait dans le dernier désert et qu'il était très content, et était persuadé que le pays était très grand. Il me fit savoir que depuis qu'il m'avait quitté, il n'avait pas encore surpris les Indiens à mentir, que jusqu'au point où il était parvenu, il avait trouvé la contrée telle qu'on la lui avait décrite, qu'il en serait de même par la suite. Je pense donc qu'il en est ainsi parce que c'est la vérité, et dès le premier jour que j'eus connaissance de la ville de Cibola, les Indiens ne m'ont rien dit que, jusqu'à présent, je n'aie reconnu véritable par mes propres observations. Ils m'indiquaient constamment les villages que je devais trouver sur ma route, leur nom ainsi que les endroits déserts ; ils m'enseignèrent où je pourrais coucher, sans se tromper en la moindre des choses. Depuis l'endroit où je reçus les premières notions du pays jusqu'au village où je me trouvais ce jour-là, il y a cent douze lieues. Il ne me paraît pas indifférent de parler de la véracité de ces naturels. J'ai érigé des croix dans cette vallée, ainsi que je l'avais déjà fait dans les villages que j'avais traversés. J'ai fait les actes et rempli les formalités qui m'avaient été prescrites par mes instructions. Les habitants de la vallée me prièrent de me reposer chez eux trois ou quatre jours, parce que le désert était à quatre lieues de là. Depuis le commencement jusqu'à la ville de Cibola, il y a quinze grands jours de marche. Les Indiens me proposèrent de me fournir des vivres, et ce qui était nécessaire pour le voyage. Ils me dirent qu'Esteban, le nègre, était parti de chez eux suivi de plus de trois cents hommes qui lui servaient d'escorte ou qui portaient des vivres, et qu'un grand nombre des leurs voulaient pareillement m'accompagner afin de me servir, parce qu'ils pensaient revenir riches. J'acceptai leur offre et je leur dis de hâter les préparatifs, car chaque jour me semblait de la longueur d'une année, tant j'avais envie de voir Cibola. Je séjournai donc trois jours, pendant lesquels je ne cessai de recueillir des informations sur cette ville et sur les autres, je prenais constamment des Indiens à part et je les interrogeais chacun en particulier : tous s'accordaient dans leurs rapports. Ils me parlaient de la multitude des habitants, de la disposition, de la grandeur des maisons et de la forme des façades, dans le même sens que les naturels que j'avais déjà vus plus en deçà. Les trois jours étant écoulés, un grand nombre de naturels se réunirent pour m'accompagner, je choisis une trentaine des principaux, très bien vêtus et parés de colliers de turquoises, dont quelques-uns avaient cinq ou six rangs. Je pris aussi les hommes nécessaires pour porter les vivres pour eux et pour moi et je me mis en route. J'entrai dans le désert le neuf de mai. Le premier jour nous voyageâmes sur une route très large et très fréquentée. Nous arrivâmes pour dîner sur le bord de l'eau dans un endroit que les Indiens m'avaient indiqué, et nous allâmes coucher près d'une autre rivière où je trouvai une maison que l'on venait d'achever pour moi, et une autre qui avait été construite avant, et dans laquelle Esteban avait couché à son passage. Je vis aussi de vieilles cabanes et beaucoup de traces de feux qui avaient été allumés par les gens qui suivaient cette route en se rendant à Cibola. Je voyageai de cette manière pendant douze jours consécutifs, toujours bien pourvu de vivres, de cerfs, de lièvres, de perdrix qui par la couleur et le goût sont semblables à celles d'Espagne, mais un peu plus petites. Quand je fus arrivé dans cet endroit, je fus rejoint par un Indien, fils d'un des chefs qui m'accompagnaient, et qui avait suivi Esteban le nègre. Son visage était tout décomposé et son corps couvert de sueur ; tout son extérieur témoignait beaucoup de tristesse. Il me raconta ce qui suit : un jour, avant d'arriver à Cibola, Esteban envoya sa calebasse avec des messagers, comme c'était son habitude, afin d'annoncer son arrivée. À cette calebasse était attaché un chapelet de grelots et deux plumes, l'une blanche et l'autre rouge. Quand les messagers furent arrivés devant le chef, qui réside dans cette ville pour le souverain, ils lui donnèrent la calebasse. Cet homme la prit, et voyant les grelots, il entra en fureur, la jeta à terre et dit aux messagers de s'en aller, qu'il connaissait ces étrangers, de leur recommander de ne pas entrer dans la ville, qu'autrement il les tuerait tous. Les messagers revinrent sur leurs pas et dirent à Esteban comment ils avaient été reçus. Celui-ci répondit que ce n'était rien, que ceux qui témoignaient du déplaisir de son arrivée le recevaient toujours mieux que les autres. Il continua donc son voyage jusqu'à ce qu'il fût parvenu à Cibola. Au moment d'y entrer il trouva des Indiens qui s'y opposèrent, ils le conduisirent dans une grande maison qui était dehors la ville, et ils lui enlevèrent à l'instant tout ce qu'il portait, des objets d'échange, des turquoises et beaucoup d'autres présents qu'il avait reçus pendant son voyage. Il passa la nuit dans cette maison sans qu'on lui donnât ni à boire ni à manger, à lui ni aux gens qui l'accompagnaient. Le lendemain matin, cet Indien ayant eu soif, sortit de la maison pour aller boire à une rivière qui coulait près de là. Bientôt après il vit Esteban qui s'enfuyait, poursuivi par des habitants de la ville qui tuaient les naturels de sa suite. Aussitôt que l'Indien s'en fut aperçu, il suivit le cours de la rivière et alla se cacher, puis il reprit la route du désert.

Plusieurs des Indiens qui m'accompagnaient ayant entendu ce rapport commencèrent à pleurer. Ces mauvaises nouvelles me firent craindre pour mes jours, cependant je redoutai moins de perdre la vie que de ne pouvoir retourner pour donner avis de l'importance d'un pays où Dieu, notre Seigneur, peut être si bien servi, où l'on peut introduire son saint culte, et qui peut augmenter le patrimoine royal de sa majesté. J'essayai donc le mieux que je pus de les consoler, et je leur dis qu'il ne fallait pas ajouter une foi entière aux rapports de cet Indien. Mais ils me répondirent, en versant d'abondantes larmes, que cet homme ne disait que ce qu'il avait vu. Je m'éloignai ensuite des Indiens pour me recommander au Seigneur, pour le supplier de me diriger dans cette circonstance comme il le jugerait convenable, et d'éclairer mon esprit. Quand j'eus fini cette prière je retournai vers les Indiens et je coupai avec un couteau les cordes des caisses d'étoffes et d'objets d'échange que je portais ; je n'y avais pas encore touché, et je n'avais rien donné à personne : je partageai ces objets entre tous les chefs ; je leur dis de ne rien craindre et de m'accompagner, ce qu'ils firent.

Nous continuâmes notre route et nous arrivâmes à une journée de marche de Cibola : nous rencontrâmes deux autres Indiens qu'Esteban avait emmenés, ils arrivaient couverts de sang et de blessures. Aussitôt qu'ils nous eurent rejoints, ceux qui m'accompagnaient se mirent à pleurer, et leur épouvante m'arracha des larmes. Ils jetaient tant de cris qu'ils ne me laissaient pas leur demander des nouvelles d'Esteban, ni ce qui lui était arrivé. Je les priai de se taire afin de savoir ce qui s'était passé. Comment nous tairions-nous, me répondirent-ils, sachant que nos pères, nos fils et nos frères qui étaient allés avec Esteban ont été tués au nombre de plus de trois cents ? Ils ajoutèrent qu'ils n'oseraient plus aller à Cibola, comme ils en avaient l'habitude. Je fis tous mes efforts pour les calmer et les tranquilliser, quoique moi-même j'eusse besoin qu'on me rassurât. Je demandai aux Indiens d'Esteban, pourquoi ils étaient blessés, et ce qui était arrivé ? Ils restèrent quelque temps sans proférer une parole, et pleurèrent avec ceux de leurs villages. Enfin, ils me dirent qu'Esteban étant arrivé à un jour de marche de Cibola, avait envoyé à cette ville des messagers chargés de sa calebasse, pour faire savoir au chef qu'il venait pour traiter de la paix et pour guérir les malades. Aussitôt qu'ils eurent donné la calebasse au chef, et que cet homme eut vu les grelots, il entra en fureur, jeta la calebasse à terre, et dit : Je reconnais ces gens-là à vos grelots, ils ne sont pas de nos amis ; dites-leur qu'ils retournent à l'instant sur leurs pas, que sinon il n'en restera pas un seul en vie. Il continua de se montrer fort irrité. Les envoyés affligés revinrent sur leurs pas, ils n'osaient pas dire à Esteban ce qui leur était arrivé ; cependant ils s'y décidèrent. Celui-ci leur répondit de ne rien craindre ; qu'il voulait se rendre dans cette ville ; que quoiqu'on leur eût mal parlé on le recevrait bien. Il partit donc et il arriva à Cibola au coucher du soleil, accompagné de toute sa suite, qui se montait à trois cents hommes environ, sans compter beaucoup de femmes. On ne lui permit pas d'entrer dans la ville, mais on lui indiqua pour demeure une grande maison, et de bons logements qui étaient au dehors. Ces Indiens prirent aussitôt à Esteban tout ce qu'il portait, en disant que c'était d'après l'ordre de leur chef : ils ne donnèrent ni à manger, ni à boire à nos Indiens, pendant toute la nuit. Le lendemain, aux premiers rayons du soleil, Esteban sortit de la maison, suivi de quelques-uns des chefs qui l'accompagnaient ; aussitôt un grand nombre d'habitants de la ville se présentèrent ; dès qu'il les vit il prit la fuite avec les Indiens alliés. Ils nous lancèrent une grêle de flèches, me dirent les Indiens d'Esteban, ils poussèrent des cris, nous tombâmes, ils se précipitèrent sur nous, et nous restâmes ainsi jusqu'au soir sans remuer. Nous entendîmes de grands cris dans la ville, et nous vîmes sur les terrasses un nombre considérable d'hommes et de femmes qui regardaient. Nous n'aperçûmes plus Esteban, nous croyons qu'il fut tué à coups de flèches, comme tous ceux qui l'accompagnaient : nous seuls avons échappé.

Considérant ce rapport des Indiens, et que je n'avais pas les objets nécessaires pour continuer mon voyage comme je le voulais, je fus sensible à sa perte, et je craignis pour mes jours. Le Seigneur est témoin du vif désir que j'avais de pouvoir demander conseil à quelqu'un, car j'avoue que je ne savais que faire. Je leur dis que Dieu punirait Cibola, et qu'aussitôt que l'empereur saurait ce qui était arrivé, il enverrait beaucoup de chrétiens pour châtier les habitants. Ils ne me crurent pas ; car il n'y a pas, disent-ils, de pouvoir capable de s'opposer à la puissance de Cibola. Je les engageai à se consoler, à sécher leurs larmes, et je les encourageai de mon mieux par des discours qu'il serait trop long de rapporter ici. Je les quittai et je m'éloignai à un jet ou deux de pierre afin de me recommander à Dieu : je restai environ une heure et demie en prière. Étant retourné auprès d'eux, je vis un de mes Indiens que j'avais amené de Mexico, nommé Marcos, qui pleurait, et qui me dit : Père, ces gens ont décidé de te tuer, parce qu'ils prétendent que c'est à cause de toi et d'Esteban qu'on a massacré leurs parents, et qu'on les tuera tous, hommes et femmes jusqu'aux derniers. Je partageai entre eux tout ce qui me restait en étoffes et en objets d'échange, afin de les apaiser. Je leur dis de faire attention, que s'ils me tuaient ils ne me feraient aucun mal parce que les chrétiens ne mouraient pas, et que j'irais dans le ciel ; que les auteurs de ma mort seraient punis ; que les chrétiens viendraient à ma recherche, et que malgré mes désirs ils les tueraient tous. Ces paroles et quelques autres que je leur dis les apaisèrent un peu ; cependant ils étaient très tristes de la mort de leurs parents. Je les priai d'envoyer quelques-uns des leurs à Cibola pour voir si d'autres Indiens avaient échappé et pour recueillir des nouvelles sur Esteban ; mais je ne pus pas y réussir, je leur dis que dans tous les cas il fallait que je visse la ville de Cibola : ils me répondirent d'abord que personne ne m'accompagnerait ; mais enfin me voyant déterminé, deux chefs consentirent à me suivre.

Je continuai donc ma route avec eux, mes Indiens et les interprètes, et j'arrivai en vue de cette ville. Elle est bâtie dans une plaine sur le penchant d'une colline de forme ronde, elle semble fort jolie ; c'est la plus importante que j'aie vue dans ces contrées. Étant monté sur une hauteur d'où je pus l'observer, je vis que les maisons étaient construites comme les Indiens me l'avaient dit : toutes en pierre, à plusieurs étages, et couvertes de terrasses. Cette ville est plus considérable que Mexico ; plusieurs fois je fus tenté d'y entrer ; car je savais que je ne risquais que ma vie, et je l'avais offerte à Dieu le jour où je commençai mon voyage. Enfin, considérant le danger, je craignis que si l'on me tuait, la connaissance du pays ne fût perdue. Suivant moi c'est le meilleur et le plus grand de tous ceux que l'on ait découverts jusqu'alors. Ayant dit aux chefs qui m'accompagnaient que je trouvais cette ville fort belle, ils m'assurèrent que c'était la plus petite des sept villes ; que Totonteac est la plus grande et la plus belle, qu'il y a tant de maisons, et que la population est si nombreuse qu'elle n'a point de limites. Ayant observé l'aspect de cette ville, je jugeai à propos de donner à la contrée le nom de Nouveau royaume de Saint-François. Aidé par les Indiens, j'élevai dans cet endroit un grand tas de pierres et je mis au sommet une petite croix, n'ayant pas les outils nécessaires pour en faire une plus grande : je dis que j'élevais ce tas de pierres, et que j'érigeais cette croix au nom de don Antonio de Mendoza, vice-roi et gouverneur de la Nouvelle-Espagne, pour l'empereur notre souverain, en signe de prise de possession, et conformément à mes instructions. Je dis aussi que je prenais dans cet endroit possession de toutes les sept villes, des royaumes de Totonteac, d'Acus et de Marata, et que je n'y allais pas, voulant venir rendre compte de ce que j'avais fait et vu.

Je revins ensuite sur mes pas avec beaucoup plus de frayeur que de vivres ; les naturels qui étaient restés mes amis retournèrent en toute hâte à Topax, je les rejoignis après deux jours de marche. Je repassai le désert avec eux ; mais on ne m'y fit pas un si bon accueil que la première fois parce que les hommes et les femmes étaient tous en pleurs à cause de leurs parents que l'on avait tués à Cibola. J'en fus épouvanté, et je quittai aussitôt les habitants de cette vallée. Le premier jour, je fis dix lieues, puis huit, puis dix, sans m'arrêter jusqu'à ce que j'eusse franchi le second désert. Quoique fort effrayé, je me déterminai de me rendre dans la plaine dont j'ai déjà parlé, et qui est située au pied des montagnes. J'appris dans cet endroit qu'elle est habitée à plusieurs journées de marche du côté de l'est ; mais je n'osai y pénétrer pensant que si l'on venait coloniser et conquérir le pays des sept villes et les royaumes dont j'ai parlé plus haut, on pourrait alors explorer cette plaine ; qu'il était inutile de risquer ma vie puisque je ne pourrais pas donner une relation de ce que j'avais vu. Je me contentai d'observer à l'entrée, sept villages de grandeur raisonnable et assez éloignés ; une belle vallée très fraîche, et une très jolie ville d'où s'élevait beaucoup de fumée. J'appris qu'il y avait de l'or en quantité, que les naturels en fabriquent des lingots, des bijoux pour les oreilles et des petites pelles qui leur servent à enlever la sueur. Les naturels ne permettent pas que les étrangers, hors de la plaine viennent commercer avec eux : on n'a pas pu me dire pourquoi. Je plantai deux croix dans cet endroit, et je pris possession de toute cette plaine et de cette vallée avec les mêmes formalités que je l'avais fait à l'égard des autres contrées, et suivant mes instructions.

De cet endroit, je continuai mon voyage en revenant sur mes pas le plus vite que je pus, et j'arrivai à la ville de San Miguel, capitale de la province de Culiacan. Je croyais y trouver Francisco Vázquez de Coronado, gouverneur de la Nouvelle-Galice, mais il n'y était pas, et je poussai jusqu'à Compostelle où je le rejoignis. Aussitôt arrivé dans cette ville, j'annonçai mon arrivée au très illustre seigneur vice-roi de la Nouvelle-Espagne, et à notre père provincial frère Antonio de Ciudad Rodrigo, en lui demandant ses ordres. Je ne raconte pas ici un grand nombre de faits particuliers, parce qu'ils ne seraient pas à leur place ; je ne dis que ce que j'ai vu et ce que l'on m'a rapporté dans les pays où j'ai passé, afin d'en rendre compte à notre père provincial, pour qu'il les communique aux pères de notre ordre et qu'il prenne leur avis, ou bien au conseil de l'ordre, afin que, d'après sa décision, on puisse la transmettre au très illustre seigneur vice-roi de la Nouvelle-Espagne, à la prière duquel on m'a envoyé faire ce voyage.

Frère Marcos de Niza,
Vice-commissaire.

À la grande ville de Temixtitan Mexico de la Nouvelle-Espagne, le 2 du mois de septembre de l'année de la naissance de notre Seigneur Jésus-Christ, 1539, en présence du très illustre don Antonio de Mendoza, vice-roi et gouverneur de la Nouvelle-Espagne pour sa majesté, président de l'audience et de la chancellerie royale qui y réside, des très magnifiques seigneurs, le licencié Francisco de Ceiños, auditeur pour sa majesté près ladite audience royale, Francisco Vázquez de Coronado, gouverneur pour sa majesté dans la province de la Nouvelle-Galice, nous Juan Baeza de Herrera, premier notaire de ladite audience royale et du gouvernement de la Nouvelle-Espagne, et don Antonio de Turcios, notaire de sa majesté et de ladite audience, est comparu le très révérend père frère Marcos de Niza, vice-commissaire dans cette partie des Indes située au-delà de l'Océan, religieux de l'ordre du séraphique saint François ; lequel a présenté devant sa seigneurie et devant nous susdits notaires et témoins, cette instruction et cette relation signées de son nom et scellées du grand sceau des Indes. Elle est composée de neuf feuilles y compris celle-ci, qui contient nos signatures. Je dis, j'affirme et je certifie que ce qui est contenu dans l'instruction, dans la relation et dans le certificat est véridique, afin que sa majesté en soit informée. Sa seigneurie nous a ordonné, à nous notaires susmentionnés, de certifier au pied de ladite, que ledit vice-commissaire l'a présentée et déclarée comme telle, et d'en faire une attestation signée par messieurs les témoins, ici présents et susnommés, et Antonio d'Almaguez, frère M... rn d'Ozocastro, religieux dudit ordre. En foi de quoi, moi soussigné, Juan Baeza de Herrera, notaire susnommé, j'applique mon sceau ainsi en témoignage de vérité.

Signé Juan Baeza de Herrera

Et moi, soussigné, Antonio de Turcios, notaire susnommé et présent, j'appose mon sceau ainsi, en témoignage de vérité.

Signé Antonio de Turcios

J'ai collationné cette copie avec l'original, qui est à Simancas, le 3 septembre 1781.

Juan-Bautista Muñoz.

Librio
Le livre à 10F
303

Achevé d'imprimer en Europe
à Pössneck (Thuringe, Allemagne)
en juin 1999 pour le compte de EJL
84, rue de Grenelle 75007 Paris
Dépôt légal dans la collection : juin 1999

Diffusion France et étranger : Flammarion